KB111572

욕망의 애드리브

흐트러진 러브신

흐트러진 러브신~욕망의 애드리브~

초판 1쇄 찍은 날 | 2014년 4월 1일
초판 1쇄 펴낸 날 | 2014년 4월 10일

지은이 | 나카시마 지로
그린이 | 히메츠카 시나
옮긴이 | 김산우
펴낸이 | 예경원

편집책임 | 박우진
편집 | 오아현

펴낸곳 | 예원북스
등록번호 | 제396-2012-000132호
등록일자 | 2012. 7. 25
YRN | 제3-0001호

주소 | 경기도 고양시 일산동구 무궁화로 8-28 삼성메르헨하우스 712호 (우) 410-837
전화 | 031-819-9431 팩스 | 031-817-9432
http://blog.naver.com/ainandfin
E-mail | ainandfin@naver.com

ⓒ 2013 Nakashima Jiro / Himetsuka Shina
iproduction / NTT Solmare
All rights reserved

ISBN 979-11-5630-919-2 02830

※ 파본은 구입하신 서점에서 교환하여 드립니다.
※ 저자와 협의하여 인지를 붙이지 않습니다.
※ 이 책은 예원북스와 iproduction / NTT Solmare 와의 계약에 의해 출판된 것이므로 무단 전재 및 유포, 공유를 금합니다.
※ 이 도서의 국립중앙도서관 출판시도서목록(CIP)은 서지정보유통지원시스템 홈페이지(http://seoji.nl.go.kr)와 국가자료공동목록시스템(http://www.nl.go.kr/kolisnet)에서 이용하실 수 있습니다.

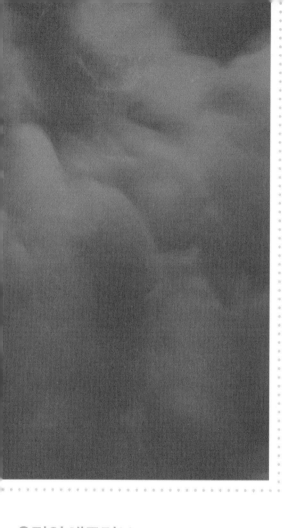

나카시마 지로 글 — 히메츠카 시나 그림 — 김산우 옮김

FIN PREMIUM SERIES

욕망의 애드리브

흐트러진 러브신

Fin

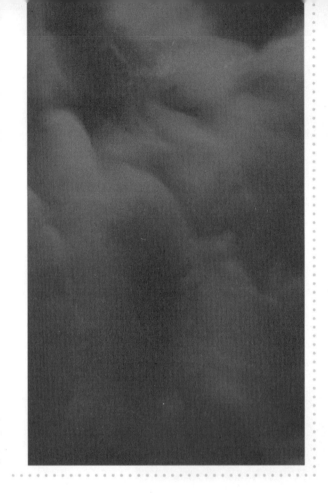

*이 이야기는 픽션으로, 이야기에 등장하는 인물 · 단체 · 사건은 현실과는 무관합니다.

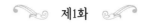

제1화

베갯머리 영업?!

"리쿠, 저 남자가 카미시로 나기(神城那岐)야. 우리의 간판 탤런트지. ……알고 있으려나?"

사장님은 여우처럼 치켜 올라간 눈을 실처럼 가늘게 뜬 것이, 내내 기분이 좋아 보였다.

그녀가 가리킨 곳에는 나기가—그 카미시로 나기가 앉아 있다.

알고 있으려나? ……라고?

모를 리가 있겠냐고!

카미시로 나기. 28세.

요코하마(橫浜) 출신의 독일계 혼혈.

생일은 7월 6일(화요일).

오전 3시 출생, 게자리, AB형.

데뷔는 초등학교 일학년. 월요일 아홉 시 미니 시리즈에서 개성 있는 역을 멋지게 연기해 내면서 아역 탑의 자리에 오르더니, 중고등학교는 학업에 전념하고 싶다는 이유로 모델과 가수로 전향.

가수로서의 재능과 가창력은 물론이거니와, 작사, 작곡, 피아노를 치며 노래하는 것도 아무 문제 없이 소화해 내는 완벽한 인간.

달콤한 목소리로 애절한 발라드를 부르면 밀리언셀러.

반전으로 격한 락도 불러 남성 팬도 상당수.

긴 팔다리, 백팔십사 센티라는 큰 키, 독일의 피를 이어받아 일본인답지 않게 조각 같은 얼굴, 그리고 달콤한 미소.

대학은 해외로 진학하고 싶다는 의견을 밝혀 당시 소속 중이던 기획사와 크게 다툰 끝에, 기어코 연예계를 은퇴하고 해외유학.

일 년 월반해서 조기졸업 후, 일본에 돌아와 현재 '리베 에이전시' 소속이다.

그렇다.

바로 나, 카즈이(和尹) 리쿠가 소속하게 된 연예기획사에 말이다.

"리쿠의 선배가 되겠네. 익숙하지 않은 업계라 처음에는 이래저래 헤맬 거야. 그럴 땐 여기 나기 선배한테 뭐든 물어보렴."

나기는 연예 활동 경력이 기니까, 라고 사장님은 태연하게 웃었다.

하지만,

나는 눈곱만치도 웃을 수 없었다.

카미시로 나기다.

정말로 그 사람이다.

진짜 카미시로 나기가 눈앞에 있는 것이다!

소파에 앉아 대본인지 책인지 모를 것에 눈을 떨구고 있는 모습을 그저 하염없이 훔쳐보기만 했다.

다리 길다아.

여자처럼 피부도 곱다.

콧대도 높다아.

속눈썹 길다아.

포스가 장난이 아냐.

목이 바싹 말라서 목소리가 나오질 않는다. 내 생애 이렇게까지 긴장한 적이 있었던가? 사장님 만났을 때도 이렇게 긴장하지는 않았는데!

조각같이 앉아 있는 카미시로 나기는 조금도 움직이지 않았다. 숨은 쉬고 있나 의심이 될 정도다.

사실 같은 인간이란 생각도 안 든다.

난 숨을 멈춘 채 나기를 쳐다보고만 있었다.

사장님이 인사를 시켰지만 그는 이쪽은 쳐다보지도 않는다. 하지만 그런 태도가 익숙하다는 듯 사장님은 씩씩한 걸음으로 그에게 다가갔다.

"나도 리쿠에게는 잔뜩 기대하고 있어! 나기의 후배로서, 우리 회사 이름을 짊어지고 갈 건 리쿠밖에 없다고 생각하고 있다고! 그러니까 사이좋게 지내!"

사장님이 어깨를 툭 두드리자 나기는 겨우 입술을 열었다.

"……누구?"

푸른 기가 도는 회색 눈동자로 날 일별한 나기는 한숨 섞어 말했다.

항간에서 캔디 보이스라고 불리는 달콤한 목소리로 나른한 듯, 심하게 귀찮은 기색으로.

"잠깐, 나기, 그렇게 내키지 않는 듯이 말하지 마."

"사이좋게 지내고 뭐고, 저 녀석 본인이 좋아 들어온 업계잖아. 자기 멋대로 하면 될 것을."

탁.

소리 나게 책을 덮으며 말을 자른 나기가 일어섰다.

그리고 나를 까마득한 머리 위에서 내려다보며 눈을 가늘게 뜨더니—

외면했다.

"네 멋대로 해. 딱히 관심 없어."

그렇게 말하고 나기는 사장실을 나가 버렸다.

"어……."

아무 말도 할 수 없었다.

인사조차도.

한겨울 홋카이도에서 부는 바람도 저처럼 차갑진 않으리라.

돌아서서 사라지는 그 등을 사장님과 나는 말문을 닫은 채 쳐다보고만 있었다.

한참 후에야 사장님이 어색한 웃음을 흘렸다.

"아, 하하하……. 나기가 낯가림이 좀 심해. 악의는 없을 텐데……."

그 목소리가 떨리고 있어서 그다지 믿음은 가지 않는다.

아니, 애초에 사장님의 목소리도 머릿속에 제대로 들어오질 않는다.

내 머릿속에 떠오르는 의문은 간단했다.

하아?

저 자식, 어떻게 생겨먹은 놈이야?

*　　　*　　　*

『야, 그야 천하의 카미시로 나기님이시잖아.』

집에 오자마자 중학교 때부터의 친구에게 전화를 걸었더니, 깔끔하게 정리해 주시는 바람에 할 말을 잃었다.

『우리랑은 사는 세계가 다르다고.』

녀석은 냉정할 정도로 잘라 말했다.

그래, 안다. 나도 안다고.

그런 건 계속 카미시로 나기를 따라다니던 내가 제일 잘 알고 있다.

너무나 완벽한 인간과 같은 공간에서 숨 쉴 수 있다는 것만으로도, 지금도 행운이라는 감상이 절로 떠오른다.

그건 확실히 납득하지만, 그래도 말야.

『그래서, 팬이에요, 이런 말은 했어?』

"말할 수 있었겠냐! 인사할 틈도 없이 나가 버렸단 말이야."

게다가 그렇게 기분 나쁜 놈일 줄 생각도 못했다. 분명히 눈도 마주쳐 놓고, 인사는커녕 '관심 없어' 라고?!

이럴 줄 알았으면 TV에서만 보는 편이 나았어!

『그래도 뭐, 리쿠도 데뷔 결정된 거지?』

"아, 그래그래! 그거 말인데!"

나는 침대에서 벌떡 일어났다. 동경하던 카미시로 나기를 만나 잡쳤던 기분이 단숨에 나아졌다.

오늘 소속사에서 막 받은 기획서를 잡아들었다.

"드라마 결정 났어, 드라마! 월요일 아홉 시 드라마의 다음 시리즈. 뭐, 조연이긴 하지만."

그 카미시로 나기도 처음에는 조연이었으니까, 시작은 똑같은 거다. 거기다 월요일 아홉 시라니!

대대로 월요일 아홉 시 드라마는 대박작이 많아서, 그 시간대에 나간다는 것만으로도 시청률은 따놓은 당상이라는 이야기를 듣지 않느냐 말이야.

같은 조연이라도 조건은 내가 훨씬 좋다!

『헐? 갑자기 드라마? 진짜?』

과연 친구도 놀란 모양이다.

그럴 수밖에. 나조차도 놀랐으니까.

이런 건 먼저 오디션을 보는 게 보통이라고 들었는데, 벌써 결정 나 있었던 것 같기 때문이다.

"한 번 나오고 마는 단역이 아니라 여배우랑 나름대로 얽히기도 하는 제대로 된 역이라네."

나도 오늘은 이 정도밖에 듣지 못했다. 자세한 이야기는 다음 주에 있는 첫 미팅에서 말해주는 것 같았다.

『헤— 진짜야, 그거? 너 괜찮냐?』

전화기 속 목소리는 그다지 기뻐하는 것 같지도 않았다.

오히려 다소 경계하는 듯, 심려하는 눈치가 보였다.

"…뭐야, 왜? 무슨 의미야?"

『왜, 있잖아. 종종 들리는 말… 연예계에 호모 많다고.』

그런 말이 어디서 '종종 들리는 말'인지 모르겠다.

내가 멍해져 있으니 친구 녀석이 쓸데없이 목소리를 낮췄다.

『괜찮은 거야? 너 배역 받는 대신 엉덩이 대준다거나 하는 건 아니지?』

"뭐어? ……설마, 그런."

단숨에 등골이 서늘해졌다.

『왜, 넌 남자한테 인기 많잖아.』

"……!"

서늘함을 넘어, 등줄기로 오싹오싹 오한이 달렸다.

절로 떠오른다, 그날의 사건이.

망할. 잊고 살고 싶은데, 머릿속에 각인되어 사라지지도 않는다.

그.것.은, 그 일은 잊히지도 않는 고등학교 입학식 당일의 일이었다…….

"너, 미나미(南) 고등학교 신입생?"

북적대는 전차를 겨우 빠져나와 플랫폼에서 한숨 돌리는 나를, 어떤 남자가 불러 세웠다.

"아아, 뭐어, 네……."

남자가 말을 건 의도를 모르겠어서 나는 애매하게 고개만 끄덕였다.

나를 마치 품평하듯 아래위로 훑어보던 남자가 슬그머니 품속에서 지폐 몇 장을 꺼냈다.

"자아, 축하금 줄까. 돈 필요하지?"

"……네?"

뭐라는 거야, 이 아저씨가.

"아니, 그게, 모르는 사람한테 돈 같은 건 받을 수 없는데……."

"하하, 하하핫. 무슨 소리니. 받으렴, 얼른."

어느 틈엔가 남자의 두툼한 팔에 어깨를 끌어안긴 나는, 귓가에 토해진 목소리에 얼어붙었다.

"냐!"

소리를 질러도, 전차가 떠난 직후의 플랫폼에는 인적이 드물었다.

"삼만 엔으론 부족하니?"

주머니에 삼만 엔이 쑤셔 넣어지나 싶더니, 남자가 축축한 입술을 내 귀에 눌렀다.

"―으! 기분 나쁘다고, 이……!."

있는 힘껏 남자를 떨쳐 버리고, 남자에게 3만 엔을 던진 뒤 나는 쏜살같이 플랫폼에서 도망쳤다.

등 뒤가 오싹한 기분은, 그날 방과 후까지 남아 식은땀을 흘리게 만들었다.

—그때의 혐오감과 공포감이 되돌아온다.

『…라는 건, 너무 심각하게 생각하는 거겠지!』

와하하, 하고 친구의 웃음소리가 수화기로부터 울렸다.

하지만, 내 귀에는 닿지 않았다.

업계의 권력자는 종종 남자이기도 하고.

그때부터, 동급생에게 '리쿠는 남자에게 인기있다'고 꽤나 놀림받기도 했다. 놀림 그 이상도, 그 이하도 아니었지만, 당하는 내 입장에서는 또 다시 등골이 서늘해졌던 것이다.

그런 거야?

그런 거였어?

『……어이, 리쿠. 농담이라고.』

침묵하는 나를 걱정한 듯 친구가 목소리에 힘을 주었다.

『농담이라니까? 너 또 혼자 너무 깊게 파고들다가 저질러 버리는 건—』

"아, 알고 있어. 농담이라는 거."

또 무슨 말이 나올지 무서워 얼른 끊었다.

하긴 사장님이 그런 걸 허락할 거라곤 생각하지 않았다. 몇 번 만나본 것이 다이긴 하지만, 비즈니스적으로는 철저해 보였으니까.

아니, 잠깐.

하지만 사장님은 여자다.

남자의 정조 따위까지 깊이 생각하고 있으려나.

회사에 남성 탤런트가 많은 것은, 여성보다 손이 덜 가서인 걸까?

남자라면 '새색시가 되기도 전에 권력 때문에 몸을 더럽히다니' 라고 불평을 할 걱정이 없다든가.

남자는 임신의 위험이 없다든가…….

―설마, 겠지.

설마일 거야. 그럴 리가.

그렇게 생각하면서도, 친구와의 통화가 끝날 때까지 내 머릿속에는 불길함과 불안함이 빙빙 맴돌기만 했다.

대체 어떻게 잠에 들고 아침이 밝아왔는지조차 기억나지 않았다.

＊　　　＊　　　＊

월요일 아홉 시 드라마 『러브신』의 첫 미팅은, 언론사 기자회견도 겸해 도내 호텔에서 성대하게 열렸다.

아침 방송이나 연예 뉴스 방송에서나 보던 제작발표회를 처음 경험하는 거라, 회사 사람들과 같이 대기석에 앉을 때까지 나는 제정신을 차리지 못했다.

이런 고급호텔에 오는 것도 처음이었는데, 가는 곳마다 직

원들이 친절하게 인사를 해주고, 또 기자들이 틈만 나면 내 말을 들으려고 하다니.

아무튼 정신을 제대로 차리지 못하는 사이 나는 떠밀리듯 로비 대기석으로 왔고,

거기서 나는,

처음으로 알았다.

"어라, 리쿠. 못 들었어?"

눈을 동그랗게 뜨고 말하는 매니저의 옆에 앉아 있는 남자.

선글라스를 쓰고 있는 그는 잘못 볼 리도 없이,

카미시로 나기였다.

"……버터, 라는 거야."

냉랭하게 말한 나기는 이미 대본을 들고 있었다.

"그래, 버터라고 알고 있어? 신인을 내보낼 때 자주 있는 일이야. 유명 스타가 메인 배우를 하는 대신 신인급의 배우를 같이 기용하게 하는……."

이른바 끼워 팔기.

설명해 주지 않아도 이 업계를 목표로 했던 나 역시 그 정도 상식은 알고 있다.

그 대상이 내가 될 줄은 꿈에도 몰랐지만…….

"뭐, 흔한 일이기도 하고, 신인 입장에선 오히려 기회이기

도 하지."

매니저는 내 기분도 모르고 웃고 있다.

그러니까 오디션도 없었던 이유가… 이거였다고?

"뭐어, 나기한테 드라마 현장에 대해서 이것저것 배워놓으라고."

매니저는 그렇게 말하지만, 나기에게 그럴 의사는 전혀 없어 보인다.

변함없이 정나미고 나발이고 없다. 같은 자리에 있음에도, 좀 전까지 입을 다물고 인사조차 하지 않았으니까.

—하지만, 뭐, 이걸로 호모 업계인에게 찍혔다는 의혹은 없어진 거니 그 점에 대해서는 안심을 해도…….

"아, 하지만 이 드라마 PD가 리쿠 널 지목해 줬어. 인사 확실히 하는 거 알지?"

—어?

뭐라고?!

"우연히 리쿠의 사진을 본 PD가 리쿠로 정했다고 말을 꺼내서 말이야. 아직 연기 훈련도 안 받아서 무리라고 말하긴 했는데."

PD가? 진짜?

다시 고등학교 시절의 기억이 뇌리를 스쳤다.

설마, 설마하고 자신에게 되뇐다. 설마 아니겠지. 아닐 거야.

혼자서 혼란스러워하는 나는 아랑곳없이 매니저는 즐거운 듯 이야기했다.

"리쿠가 생각하던 캐릭터 이미지랑 어지간히도 똑같았는지— 어, 호랑이도 제 말 하면 온다더니."

로비로 들어온 통통한 중년에게로 매니저가 달려갔다. 살갑게 인사를 건네는 모습이 매니저다운 자세였지만, 그 인사를 받는 중년의 남성을 보면서 난 식은땀을 흘려야만 했다.

저게……?

"PD다."

나기의 낮은 목소리에, 나도 모르게 흠칫 어깨가 떨려 버렸다.

"확실히 인사해 둬. 제작진한테 예쁨 받는 것도 탤런트의 일 중 하나니까."

"그게, 무슨 소리……?"

돌아보며 물어보니 나기는 어깨를 으쓱거리고서 소파에서 일어섰다.

"글쎄. 스스로 생각해 보지?"

그렇게 말하고, 나기는 현관으로 가버렸다.

"잠깐 기다……!"

"리쿠!"

나기의 뒤를 쫓으려는 나를, 매니저가 불러 세웠다.

뒤돌아보니 PD가 커다란 몸을 흔들면서 내 쪽으로 다가

왔다.

평범하게 인사하는 것뿐이겠지?

그런 거라면, 서비스직 아르바이트를 많이 해봐서 익숙하다.

굳어 있던 표정을 풀고 산뜻해 보이는 미소를 지었다. 시도가 훌륭하게 먹혔는지 PD의 얼굴에 흐뭇함이 감돌았다.

"아하, 자네가 카즈이 리쿠 군인가. …응, 생각했던 대로군."

PD의 시선이 내 전신을 훑는 것처럼 위아래로 움직였다.

"이번 일, 감사합니다. 연기는 처음이지만 최선을 다해 노력하……."

긴장하면서 머리를 숙이려는 그 순간,

"……!"

PD의 두꺼운 손이 내 어깨를 쥐었다.

"하하하, 별말씀을. 내가 맘에 들어서 선택한 거니까 인사 같은 건 안 해도 되네. 첫경험이란 것도 순진한 맛이 있어 좋은 거니까."

두꺼운 입술을 떠는 듯 웃는 PD의 말에 나는 온몸의 털이 곤두서는 것 같았다.

"리쿠의 '처음'을 내가 받을 수 있는 거니까, 영광이야."

PD는 히죽 웃으며 말하더니 슬그머니 내 어깨를 끌어당겼다.

어깨에 닿고 있던 손을 미끄러뜨리더니,

―내 엉덩이를 만졌다.

"……!!!"

목구멍까지 올라온 비명을, 나는 당황해서 삼켰다.

―기분 나쁘다고!

'그때'처럼, 그렇게 말하며 뿌리치는 것은 간단하다.

하지만, 그렇게 한다면 나는 드라마에 출연할 수 없다.

그때야 학생이었고, 그 기분 나쁜 손을 뿌리치고 나온다고 해도 아무도 뭐라고 하지 않는다.

하지만 지금은 사회, 이제야 이 업계에 발을 내디딜까 말까 하는 상태에서, 이야기로만 들었던 이런 상황을 직접 맞닥 뜨린 데에 대한 당황스러움으로 기회를 걷어찰 수는 없었다.

고민하고 고민하는 동안 시간이 흐르고야 말았다.

나는 이런 아저씨와 자게 되는 건가?

내가 경직된 채 말을 잃고 있는데, 현관에 모인 스태프가 PD를 불렀다.

시선을 의식하는지 스르륵 손이 엉덩이에서 떨어져 나갔 다. 저절로 숨을 터져 나오는 것을 참았다.

"그래, 그럼. 리쿠, '다음에' 또 보자고."

특정 단어에 기묘하게 힘을 주는 말투에 소름이 끼친다. 그렇게 말하고 내 옆을 스쳐 지나간 PD로부터 홀아비 냄새 가 감돌았다.

'다음에'?

다음에, 라는 건, 그렇고 그런 일인가?

심지어… 여긴 호텔이다. 주변을 둘러봐도 고급에 고급으로 이루어져 있는 고급호텔.

첫 미팅, 기자회견의 '다음에',

그 내면에 담긴 의미에 치를 떨어야 했다.

방 하나를 잡아놨어, 라는 건가?

기자회견 다음에 그 방에서 보자고……?

저런 아저씨랑……?

제2화

기분 좋은 일

끊이지 않고 몰려드는 플래시.

수많은 카메라렌즈와 마이크가 이쪽을 주시하고 있다.

기자들이 앞 다투어 손을 들고 질문을 던져 댄다. 그럴 때마다 사회자가 어렵게 어렵게 구분하여 질문을 시킨다.

마치 시장바닥처럼 시끄러웠지만, 그 안에는 어떠한 열기가 흐르고 있었다.

이곳에 내가 있다.

저번 주까지만 해도 동경하던 그런 세계에 들어와 함께 있는 것이다.

"이번 드라마『러브신』에서는, 미남미녀의 연애 장면이 그려진다고 하셨는데, 실생활에서의 연애는 어떠신지요?"

많은 매스컴을 앞에 두고 나는 긴장으로 숨도 제대로 쉬지 못하고 있는데, 센터에 앉은 카미시로 나기는 태연했다.

"드라마에서 제 역할은 수상쩍은 바람둥이인데요, 카미시로 나기가 진짜 바람둥이인가 생각될 정도로 캐릭터에 몰입해 보려고 합니다."

나기가 유난히 단어에 강조를 하니, 기자 사이에서 웃음이 일었다.

나기도 웃고 있다.

평소엔 그렇게나 정 없는 주제에.

하지만, 내가 지금까지 스크린 너머로 보아온 나기는, 그런 상냥한 미소를 띤 카미시로 나기였다.

지금의 나기가 내가 그동안 알고 있던 나기와 비슷한 것이다.

그 나기와 나란히 카메라에 비춰지고 있다고 생각하니,

—점점 더 긴장된다……!

"이 드라마에서는 카미시로 씨의 후배가 데뷔한다고 들었습니다만……."

기자의 이어지는 질문에 카메라가 일제히 나를 향했다.

히끅, 하고 긴장이 목을 조여오려는 것을 억지로 참으며 웃는 얼굴을 만들었다.

"네, 제 귀여운 후배입니다."

나기가 나를 돌아보며 두 눈을 가늘게 떴다.

완벽한 웃는 얼굴.

남자인 나조차 두근할 정도로 아름다운 얼굴로.

"카, 카즈이 리쿠라고 합니다. 잘 부탁드립니다."

내가 일어서 머리를 숙이자 일제히 셔터 소리가 터진다.

심장이 머리를 뚫고 나가 어딘가로 가버릴 것 같다.

"귀여운 얼굴이죠?"

마이크를 쥔 PD가 나를 바라보며 웃었다.

무의식적으로 웃는 얼굴이 굳었다.

원래부터 나기처럼 완벽한 웃음을 짓는 건 무리였지만, 저런 기분 나쁜 시선을 버티기에는 내 능력이 너무 부족하다.

내 표정은 눈치채지 못한 채 PD는 계속 이야기했다.

"제가 무슨 수를 써서라도 리쿠로 하고 싶다고 고집을 부려서 말이죠. 처음 봤을 때 딱 감이 왔습니다."

"그래서 이런 의외의 캐스팅을 하신 거군요!"

"하… 아하하, 감사합니다."

힘없는 목소리를 내며 PD로부터 시선을 돌리자, 나를 바라보고 있던 나기와 눈이 맞았다.

……는 느낌이 들었다.

기분… 탓인가?

         *   *   *

한 시간 남짓으로 기자회견이 끝났다.

하지만 기자들이고 내객들이고 모두 한 번에 물러가지는 않았다. 서성이면서 인사를 나누고, 또 끝나지 않을 대화를 잇고 있었다.

그런 어수선한 분위기를 틈타 난 회장을 얼른 빠져나왔다.

매니저, 매니저를 찾아야 한다.

PD는 아직 스태프들과 이야기 중이었다.

그 틈에 돌아가 버리면 어쨌든 오늘의 문제는 피할 수 있다.

한참 자세를 낮추고 돌아다니는 중에 드디어 매니저를 발견했다.

홀 가운데에서 매니저가 기자인 듯한 사람과 이야기를 나누고 있었다.

그 기자만이 아니라 매스컴 관계자는 아직 꽤 남아 있다.

아무래도 나기의 밀착취재를 기다리는 것 같았다.

나는 당장에라도 도망가고 싶은 마음에 로비까지 나가 보았다.

"!"

"······웃!"

로비로 나서려는 순간 누군가가 앞에 나타나 들이받았다.

호되게 부딪치는 바람에 눈앞이 핑 돌았지만, 사과를 해야 된다는 생각에 얼른 고개를 들었더니,

나기였다.

"죄, 죄송합니다. 저기, 매니저를 찾는 중이어서⋯⋯."

생각지도 못한 근거리에 미형의 얼굴이 있어서 나는 눈을 깜빡거렸다.

가까이서 보아도, 나기는 조각같이 다듬어진 표정을 하고 있다.

심지어 뭔가 좋은 냄새도 났다.

"쉿."

나기가 검지를 입술에 세웠다.

"네⋯⋯?"

"조용히."

목소리를 죽인 나기의 얼굴이 가까이 다가왔나 싶더니, 흠칫한 내 어깨를 틀어잡았다.

그리고 그대로 나를 로비 뒤 종업원실로 이어지는 좁은 복도로 끌고 들어왔다.

"어, 저, 저기, 이게 무슨⋯⋯."

기자발표 때보다 심장이 더 두근두근 뛰었다.

나기의 팔은 가늘면서도 강한 힘이 있었다.

몸을 굽혀 나에게 얼굴을 가까이 하고 있던 나기는 누구의 목소리도 닿지 않는 장소까지 와서야 겨우 나로부터 떨

어졌다.

그제야 겨우겨우 입을 뗄 수 있었다.

"호, 홀에서 다들 찾고 있었는데요."

"도망치고 있는 거야."

크게 어깨로 숨을 토한 나기는 로비 쪽을 신경 쓰면서 목의 넥타이를 느슨하게 했다.

도망치고 있는 거라니…….

천하의 카미시로 나기가?

"밀착취재 따위 귀찮잖아. 얼굴도 모르는 여자와의 관계를 멋대로 의심받는다든지 하는 건 내 업무가 아니야."

방금 전까지 매스컴을 향해 있던 웃는 얼굴은 흔적도 없이 사라지고, 지금 나기의 미간에는 험한 주름이 새겨져 있다.

내가 얼빠진 얼굴을 하고 있자, 그걸 눈치챈 나기가 나를 보며 목을 움츠렸다.

"너도 조만간 알게 될 거야."

떠오른 쓴웃음에 일순간 눈을 빼앗기려 했던 나는, 순간 정신을 차리고 나기에게 물었다.

"맞다! 나기… 씨도, 팔리기 위해서 몸을 판다든가 했습니까?!"

"허……?"

덤벼들 듯 물은 것에 비해 쭈뼛쭈뼛거리는 나를 내려다보던 나기가 눈을 급하게 깜빡거렸다.

"그러니까, 그, 흔히 말하는 베갯머리 영업… 이라는 거. 이 역을 주는 대신에 나랑 자라…… 같은."

머릿속에 PD의 느끼한 얼굴이 스친다.

그런 얼굴이 알몸으로 나를 덮친다든가 하면… 안 돼! 절대 안 되지!

"무슨 말을……."

갑작스런 내 말에 나기가 눈을 깜빡이며 나를 내려다보았다. 그 모습에 또 잠깐 정신이 멍해지려 했지만, 나중에 물어보려면 또 이런 기회를 기다려야 한다.

"솔직히, 이번 드라마는 기회라고 생각해요. 하지만 그렇다고 해서 첫 상대가 그런 아저씨라니, 싫어!"

내가 머리를 크게 휘젓자 나기가 나를 위로해 주듯 어깨를 두드렸다.

"저기 말이야, 그런 일은…….."

"아, 역시 아프겠지……. 당신도 했어? 아, 아팠어? 기분 나쁘진 않았어? 무섭지? 기분 나쁘지? 진짜로 최악이라고!"

봇물 터지듯 공포심이 흘러넘치기 시작했다.

"좀 진정하고 내 얘기를 들……."

"나 아직 동정인데!"

기분이 폭주하는 대로 생각없이 말이 튀어나와 버렸다.

눈을 크게 뜨고 있는 나기와 시선이 마주쳤다.

나기도 나도, 한동안 말을 잃었다.

……얼레?

나, 지금, '당신'인지 뭔지라고 뱉어버린 듯한…….

"…아니, 저기, 아프지 않은 방법도 있지 않을까."

말문을 튼 것은 나기였다. 하지만 이해할 수 없는 말이었다.

"아, 아프지 않은 건 어떤 걸 말하는 거야? 그거, 그거대로, 기분… 좋았어?"

심장의 고동이 다시 빨라지기 시작했다.

"아니, 난 모르지."

"모른다니, 그런 무책임한……."

나기는 아역으로 데뷔했기 때문에, 베갯머리 영업 따위 할 필요도 없었다는 건가.

하지만, 나는 이 기회를 쥐어서 나기에게 다가가기 위해, ……하지 않을 수 없는 건가?

눈물이 나올 것 같다.

나기에게 달려든 채 무심결에 얼굴을 돌려 눈가를 닦자, 머리 위에서 나기의 한숨 소리가 들렸다.

"PD가 첫 상대로 싫다면, 누구라면 좋단 소리지? ……나라든가?"

깜짝 놀라 얼굴을 들었다.

나기는 고개를 슬쩍 기울이고, 나를 내려다보고 있었다.

누구나가 '녹을 것 같은 눈빛'이라고 묘사할 듯한 시선으

로 나를 바라보고 있다.

눈을 깜빡이자 눈물이 한 방울 흘러내렸다.

뺨으로 흘러내린 눈물방울을 나기의 손끝이 더듬었다.

"어떡할래? 내가 첫 상대가 돼줄까?"

그렇게 말하고, 나기는 손끝에 남은 내 눈물을 핥았다.

"······!!!"

그 순간, 나는 전신의 피가 얼굴로 쏠리는 것을 자각했다.

현기증이 난다.

숨도 못 쉬겠고, 심장도 멈춰 버릴 것 같다.

쥐고 있던 나기의 셔츠로부터 손가락을 풀어내려 하자, 발이 꼬였다.

내가 몸을 휘청이자 나기가 손을 뻗어, 그 손에 붙잡혔다.

"아니면, 역시 무서워? 괜찮아, 기분 좋게 해줄 테니까."

TV나 CD에서 들었던 익숙한 나기의 목소리보다 조금 낮은 속삭임에 나는 눈을 감았다.

몸에 힘이 들어가지 않아.

나기에게 붙잡힌 팔이 뜨거워서, 징징 저려오는 것 같다.

"방으로… 갈까."

귀에 닿는 게 아닐까 싶을 정도로 가깝게 다가온 나기의 입술에서 말이 흘러나왔을 때,

나는 고개를 끄덕이고 있었다.

＊　　　＊　　　＊

"샤워는 어쩔래?"

방에 들어오자마자 나기는 재킷을 벗어 카우치에 던졌다.

사람 눈을 피해 엘리베이터에 탄 나와 나기는 아래 층의 작은 방에 몸을 숨겼다.

방은 앤티크 풍의 시크한 인테리어로, 카우치와 침대만이 놓여 있었다.

"……아아, 그렇지. 처음이랬던가."

진정하지 못하고 방을 둘러보는 나를 눈치채고, 나기는 내게 다가왔다.

넥타이를 느슨하게 푼 목줄기로부터 색기가 흘러나오고 있는 듯했다.

…내가 지금 뭐라는 거야.

그런 걸 생각하는 사이, 나기가 금세 눈앞까지 다가와 있었다.

"바, 바보 취급 하는 건가… 요."

그야 확실히, 이런 방에 들어온 것도 처음이지만.

"아니? 귀엽다고 생각하고 있는데."

저런 말을 다 하는구나 생각하는데 나기의 얇은 입술이,

—내 얼굴에 다가왔다.

"……읍."

따뜻하고 부드러운 것이 눌러졌다고 싶었는데, 곧 턱을 건져 올리듯 고쳐 물어져 입술을 열었다.

"으, 하아……."

역시 나기는, 좋은 냄새가 난다.

향수의 향기인지 뭔지 모르겠지만, 머리가 멍해져 간다.

열에 들뜨는 것 같이.

벽에 등을 대고 풀어져 버린 내 입술에, 젖은 무언가가 미끄러져 들어왔다.

나기의 혀다.

"아, 응… 읍……."

혀가 들어왔다고 깨달을 때까지 한동안 시간이 걸려, 알아차렸을 때엔 이미 나기의 혀가 내 것과 얽혀, 질척질척하게 습기 어린 소리를 내고 있었다.

혀의 선단부터 뿌리까지, 살랑살랑 간질이듯 나기의 혀가 기어간다.

내 얼굴을 누르듯 덧그리는 손끝이 귀의 솜털이 거꾸로 설 정도로 더듬어 왔다.

"아, 으…… 으읏, 응!"

스키니한 슬랙스를 입은 나기의 무릎이 내 무릎을 갈라 고간을 압박해 왔다.

무의식중에 허리를 뺐다.

하지만, 곧장 벽에 가로막혀 나는 몸을 꼬았다.

"……섰어."

입술이 떨어지는가 싶더니, 희미하게 웃는 나기의 숨결이 내 뺨을 미끄러졌다.

"그, 그게……."

볼이 화끈거린다. 열이 오르는 게 스스로도 알 수 있었다.

"키스도 처음?"

코끝을 내 귓가에 댄 나기가 손을 내렸다.

나는 긴장으로 온몸이 뻣뻣하게 굳은 채, 짧게 고개를 끄덕였다.

"헤에, 의외네. 인기 많을 것 같은데."

나기같이 잘생긴 사람에게 그런 소릴 들어봤자 얼마나 얄미운 소린가 생각하면서도, 나는 그 나기의 타액에 젖은 입술이 뜨거워서 아무 말도 돌려줄 수 없었다.

"아니면, 소중한 사람을 위해 남겨놨나?"

"……!"

나기의 손이 내 뜨거워진 고간에 닿아 나는 흠칫흠칫 움츠러들었다.

벽에 손톱을 세워 매달리게 된다.

"미안, 나 같은 게 소중한 '처음'을 가져가 버려서."

"그, 그런, 게……."

그런 아저씨에 비한다면, 아니, 비교할 것까지도 없이, 나기는 내가 계속 동경해 왔던 사람이다.

……이런 의미로 동경했던 것은 아니지만.

"나 같은 걸로 괜찮겠어? 지금 말하지 않으면 중간에는 못 멈춰. 어쩔래?"

내 얼굴을 요염한 눈빛으로 바라보면서, 나기는 내 다리를 쓸어 올렸다.

그 눈빛에 돌려줄 답이 없다.

아니, 할 수 없다.

이젠,

이미,

멈출 수 없어.

"괜찮, …달지, 이제 무리……."

나기의 손이, 밑에서부터 쓸어 올린 내 선단을 청바지 위로 희롱하고 있다.

아마 속옷 속은 쿠퍼액으로 젖어 있겠지.

벌써 끈적끈적해져 있다.

감질나는 자극에 입술을 깨물고 참으며 하는 내 말을 듣고, 나기는 훗 하고 웃었다.

"귀엽네."

나기는 그렇게 말하며 고간을 가지고 놀던 손을 멈추나 싶더니, 내 팔을 붙잡아 끌어 침대에 쓰러뜨렸다.

목소리를 낼 틈도 없이 침대에 던져진 내 위로 나기가 올라탔다.

긴 다리, 가는 허리, 균형 잡힌 몸…….

나는 나기의 몸을 올려다보며 나도 모르게 시선을 빼앗겼다.

이런 상황인데도.

숨을 죽이고 나기를 올려다보는 내 시선 끝에서, 나기는 셔츠를 벗어던지고 나를 내려다보며 웃었다.

"자아, 기분 좋은 일을 가르쳐 줄까."

제3화

느끼는 곳

"기, 기분, 좋은 일……?"

남자든 여자든 누구나 눈을 빼앗길 정도로 아름답고, 누구나가 동경하지 않을 수 없는 나기에게 덮쳐진다…… 든가.

꿈같은 얘기 아냐?

……싶지만, 남자인 내가 그런 꿈을 꿀 리가 없다.

동경한다는 것은 스타로서, 배우로서 동경한다는 것이지, 이성으로서… 아니, 동성으로서라고 해야 하나? 아무튼 그런 대상으로서의 동경이 아니었다.

애초에 나기는 왜 내 위에 있는 거지?

난 왜… 아무 저항조차 할 수 없는 거지?

게다가, 왜 남자인 나를 덮치는 거지?

여자가 없어서 못 덮칠 리가 없는 카미시로 나기가.

"농담, 이죠……?"

그렇다. 농담이 아닐 리가 없다.

진지한 그의 눈길에 나는 침을 꿀꺽 삼켰다. 열기와 흐름에 이렇게 되어버리긴 했지만, 그냥 그렇게 넘어가기엔 뭔가 이상하다.

이제 와서 무슨 말이냐는 듯 갸웃거리던 나기가 말했다.

"PD에게 당할 게 걱정됐던 거 아니었나? 그게 농담이었다면, 나도 농담이었던 걸로 쳐 두고."

두 눈을 가늘게 뜨고 미소 지은 나기는 그렇게 말하며, 침대 위에서 상체를 일으키려는 내 뺨을 쓰다듬었다.

내가 말을 잇지 못하자, 나기의 손끝이 뺨을 미끄러져 내려와 내 목덜미, 가슴 위를 덧그렸다.

"……읏."

움찔움찔한다.

몸속이 간지러운 듯 애타는 듯한 기분으로 떨려서 가만히 있을 수가 없다.

내 의지와는 상관없이 몸속의 무언가가 그의 손길에 반응하고 있었다.

내가 몸을 비비 꼬며 침대 위에서 옆으로 눕자, 나기의 몸이 덮쳐왔다.

"어쩔까? 말 안 하면, 내 맘대로 할 거야."

귀에 밀어붙여진 나기의 입술이 스치는 목소리로 속삭인다.

내 가슴 위까지 내려온 나기의 손이 엄지로 유두를 쓰윽 힘주어 문질렀다.

"히잇, 웃……!"

스스로도 놀랄 정도로 높은 목소리가 튀어나와 당황해서 입을 막았다.

귓가에서 나기가 웃었다.

"싫, 아… 앗, 거기, 간지……러, 앗……!"

나기의 손끝은, 셔츠의 위에서 내 단단해진 유두를 튕기듯 몇 번이고 이리저리 문질러 댔다.

"간지럽다는 목소리가 아닌데."

나기의 체중에 눌리면서 가슴 위를 만져지고 있자니, 점점 내 숨소리가 거칠어지는 것을 느꼈다.

나기에게 만져질 때마다, 몸이 흠칫흠칫 떨려 버리고 만다.

나기가 말한 대로다.

간지러운 것과는 달라.

게다가,

……키스당할 때부터 계속,

다리 사이가 뜨거워서 견딜 수가 없다.

"리쿠."

저음의 녹을 것 같은 목소리가 들리나 싶더니, 귀를 적시는 것이 달라붙었다.

"응, ……아, 앗, 읏!"

젖은 소리와 함께 귓구멍을 혀끝으로 찔려, 전신에 소름이 돋는다.

"이제 여기가 괴로운 거 아냐?

나기는 그렇게 말하며 내 하체에도 손을 뻗었다.

"……!"

아플 정도로 서 있는 그곳을 감싸듯, 나는 몸을 움츠려 침대에 쪼그리려 했다.

"갑갑할 것 같네."

어이없이 나기의 손이 휘감아들었다.

오히려 무방비해진 나의 셔츠를 걷어붙인 나기의 손이 유두를 비틀어 올렸다.

"아! 싫… 으, 아, 으응, 아앗!"

등줄기에 전류라도 흐르는 것처럼 몸을 뒤로 젖히자, 이번에는 다리 사이를 그러모아 올리듯 쓰다듬어진다.

"가슴으로 느끼는 거야?"

목덜미에 토해지는 나기의 숨결이 뜨거워서 화상을 입을 것 같다.

내가 흔들흔들 고개를 흔들자, 나기는 내 청바지의 지퍼를 열고 손가락으로 파고들었다.

"웃……! 아, 안 돼… 거긴……!"

머리가 터지는 건 아닌가 생각할 정도로 열이 올랐다.

속옷은 질척질척하게 젖어 있다.

만져지고 싶지 않아.

내가 허리를 꺾어 피하려 해도, 위에서부터 덮치고 있는 나기가 그것을 허락하지 않는다.

그렇게 가늘어 보이면서… 의외로 근육질이었다.

좀 전에 빤히 보고 만 나기의 세미누드를 되돌아 생각하니, 점점 더 다리 사이가 날뛰는 것이 느껴졌다.

우와, 남자의 몸에 발기하다니, 이건 그냥 변태인 거 아닌가!

"속옷에서 미끌미끌한 것이 삐져나와 있다구."

자신이 어떻게돼 버린 건 아닌가 하는 혼란과 부끄러움으로 몸을 움츠린 내 귓불에, 나기가 중얼거렸다.

그와 동시에, 뜨거워진 그곳의 윗부분을 나기가 쓰다듬었다.

"히, 싫… 웃! 아, 으응, 앗!"

상체를 덜덜 떨며 침대에 엎드린 내 하체를, 나기가 끌어안아 올리듯 고쳐 안았다.

그대로 청바지와 속옷이 끌어내려졌다.

"웃……! 잠, 기다……."

반사적으로 돌아보며 손을 막으려 했다.

하지만 그와 동시에 나기는 나를 천장을 보게 눕혀, 훤히 드러난 한쪽 다리를 끌어안아 올렸다.

"부끄러운가?"

물어보는 나기는 웃고 있었다.

하지만 신기하게도 바보 취급 당하는 듯한 느낌은 아니다.

아니, 얼굴을 똑바로 쳐다보지 못하겠다.

고개를 옆으로 돌린 채 잠자코 고개를 끄덕였다.

"괜찮아, 금방 아무 생각도 못하게 해줄게."

나기는 그렇게 말하고, 너무 부끄러워서 눈물이 차오른 나의 입술을 막았다.

금방 혀가 들어와서, 치열을 핥아올린다.

"아, 응하, 웃……."

윗턱을 기어오르는 감각에 목을 꺾으며 숨을 내쉬자, 뭔가 여자의 교성처럼 야해져 버렸다.

나기는 내 유두를 둥글둥글 빚는 것처럼 더듬으면서 집요하게 혀를 얽어왔다.

숨이 짧게 튀어올라, 내쉴 때마다 소리가 새버린다.

드러내진 남근이 움찔움찔 떨리는 것을 알면서도 나기는 좀처럼 만져 주지 않는다.

배 위로 쿠퍼액이 방울져 떨어지고 있는 걸 아니까 만져지기 싫은데도—한편으로는 만져지기를 바란다.

"하, 홋으응…… 응, 웃…….”

내가 허리를 뒤틀듯 몸을 꼬자, 내 입 안을 빨고 있던 나기가 한쪽 눈을 뜨고 드디어 입맞춤을 끝냈다.

떨어진 나기의 입술로 실이 이어져 있다. ─내 타액으로.

내동댕이쳐지는 것처럼 강하게 고동이 튀어 올라, 한창 키스 중일 때보다 훨씬 숨이 막혀 왔다.

"만져 줬으면 좋겠어?”

상체를 떨어뜨린 나기가 그렇게 말하며, 유두에 닿은 손을 밑으로 떨어뜨려 갔다.

"만져줬으면 좋겠지. 이렇게까지 질척해져서.”

내 고간을 나기가 응시한다.

"으……!!!”

부끄러워서 죽을 것 같다.

그렇지만 그 시선의 끝에 달린 열기가 내 등줄기를 오싹오싹하게 만들었다.

당황해서 가랑이를 닫으려 했지만 사이에 나기의 몸이 끼어 있어서 할 수가 없다.

내가 다리를 버둥거리자 나기는 그걸 획하니 피해 버렸다.

"날뛰지 마, 바보.”

그리고,

그대로 몸을 구부렸다.

"헤, ……으, 앗, 기다……! 나, 기……!”

나기의 입술이 내 하체를 향했다.

나기의 얼굴에 가려 내 것이 보이지 않게 됐다.

"잠…… 웃, …무슨, ……아, 훗!"

다음 순간.

과민해진 점막을 끈적해진 열기가 감쌌다.

"……웃!"

무의식중에 이를 악물었다.

허리부터 아래가, 내 것이 아니게 된 것 같다.

허벅지 안쪽도 쥐가 난 것처럼 몇 번이고 경련한다.

아무 생각도 할 수 없다.

─기분 좋아.

단지 그것뿐.

"음, 후… 움……."

코에서 한숨을 흘리며, 나기는 얼굴을 상하로 움직이면서,
깔깔한 혀의 표면으로 육봉의 뒷부분을 츄웁츄웁 핥아댔다.

"후앗, 아…… 앗, 아앗, 싫, 아……!"

참을 수 없어져서, 나는 시트를 움켜쥐며 몸부림쳤다.

나기가 뺨을 움츠려 입안의 타액을 출렁거리게 했다.

"그, 으으… 아앗, 앗,…… 안 돼, 그……으웃, 아…… 아아
앗!"

저절로 허리가 움직이고 말았다.

사라락 흘러내리는 나기의 머리카락이 내 하복부를 간지

럽힌다.

그 감촉에마저도 나는 흐느끼듯 숨을 뱉었다.

위험하다.

정말로 위험하다.

"아, 안…… 웃, 나기… 나기, 흐웃, 안 돼, 가, 갈 것 같…… 아웃!"

나기가 얼굴을 위아래로 움직이는 것만으로도 어떻게 돼 버릴 것 같아서, 나는 긴장한 허리를 띄우며 울 것 같은 목소리로 간청했다.

나기의 얼굴을 떼어놓으려고, 나기의 머리카락에 손을 댔다.

하지만.

"응, 아…… 아앗, 앗, 아……! 으앗…… 아, 아으, 응, 아!"

츄웁, 하는 소리를 내어 내 것을 빨아 삼키며 내 허리를 붙잡고 있는 나기는, 입술을 떼려고 하지 않았다.

그뿐 아니라 입술을 좁게 오므려, 자극을 점점 더 세게 했다.

"안, 웃, 나기이……! 갈, 것…… 그, 나와, 버려…… 앗!"

내가 어깨를 파닥거려도, 도리질 하듯 머리를 저어도, 나기는 멈추지 않는다.

능숙하게 혀를 얽어, 뻐끔뻐끔 입을 벌리고 있는 귀두를 핥는다.

그 혀끝이 요도를 간지럽힌 순간,

"아! 아, 아, 앗, 나, 가…… 앗, 나와, 아…… 앗!!"

무의식중에 나기의 머리를 끌어안고 나는 전신을 경직시키며 쏟아버리고 말았다.

나기의 입 속에.

"……하, 웃…… 아, 하아…… 앗……. 미안, 해요, 그……."

처음으로 사람에 의해 보내졌다는 탈력감을 억누르고, 어떻게든 몸을 일으키려 침대 위에 무릎을 꿇자,

"웃, 잠……!"

돌연 다리가 붙잡혀 올라갔다.

밸런스가 무너져 결국 등이 침대에 파묻혔다.

체액 범벅이 된 하체를 쳐다보니, 내 양다리 사이에서 나기가 미소 짓고 있었다.

이런 상황인데도, 나도 모르게 두근거릴 표정으로.

아니, 이런 상황이니까…… 려나?

"아직, 이제부터잖아."

"이제부터… 라니……."

이미 충분히 기… 기분 좋았…… 는데.

처음으로 타인에게 희롱당하면서 의사 표시도 못하고 쾌락을 느꼈던 성기는 선단에서 잔재를 침처럼 흘려대며 늘어져 있다.

그 젖은 물건의 건너편에 나기가 코끝을 밀어붙였다.

—바로 내 엉덩이에.

"잠⋯⋯! 웃⋯ 뭐하는⋯⋯!"

"뭐냐니? ⋯⋯뭘 할 생각이었는데?"

나기는 날렵하게 솟아오른 코로, 내 엉덩이 둔덕의 표면을 따라 그렸다.

"으아, 저⋯ 그만, 앗⋯⋯ 싫엇! 웃!"

그런 짓, ⋯⋯더럽고, 아무튼 부끄러워!

나는 상체를 일으키려고 바르작거리며 다리를 버둥거렸다.

그러나 내 몸을 찍어 누르는 나기의 팔힘은 강했고, 그 목소리는 차가울 정도로 가슴을 찔러 들어왔다.

"섹스할 생각이었잖아? —여기서."

나기는 발버둥치는 내 엉덩이를 손가락으로 꾹 눌러 벌리고는 양 둔덕의 깊은 곳을 한번 할짝였다.

"흐앗, 웃⋯⋯!"

또 이상한 소리가 내 입술에서 흘러나왔다.

당황해서 두 손으로 입을 막았다.

나기는 내 얼굴을 일별하고 작게 웃음소리를 한 번 흘리고는, 혀끝으로 스쳐 지나간 그곳에 입술을 눌렀다.

"응, 앗⋯⋯! 아앗, 웃."

내 정액으로 질척질척하게 젖은 나기의 입술이 닿자, 등줄기를 타고 도착적인 희열이 솟구쳐 올라갔다.

"기, 잠까…… 앗, 나기, 거긴, 앗……!"

내가 저지해도 나기는 입술 사이로 혀를 빼고, 그 표면을 핥아 갔다.

타액과 정액이 섞인 액체를 오므라든 틈에 흘려 넣기라도 하려는 건지, 나기는 혀를 모아 등 뒤의 살주름을 펴내듯 간지럽혔다.

"안, 아…… 으, 앗, 안 돼, 그거…… 훗!"

그건 견딜 수 없이 몸속을 욱신거리게 하는 감각이라, 한 번 늘어졌던 내 육봉이 머리를 쳐들기 시작했다.

"뒤로 느끼는 건가?"

물어보는 나기가 겨우 입술을 떼어 주었나 생각했는데, 대신 손가락이 밀어붙여졌다.

내가 영문도 모르고 그저 숨만 흐느끼듯 내뱉고 있는데,

미끄덩, 하고 손가락이 들어왔다.

"아, 아…… 으, 들어, 왔어……."

한때는 기타를 켜고, 한때는 여배우의 입술을 쓰다듬고 있던, 길고 뼈마디가 단단한 나기의 손가락이ㅡ

"어때, 안쪽도 기분 좋아?"

천천히 손가락을 넣었다 빼면서, 나기는 내 음낭에 입 맞췄다.

"아, 앗…… 싫, 어……. 웃."

"응? 싫으면 그만둘까?"

중지와 검지를 뿌리까지 쑤셔 넣은 나기는 그렇게 말하면서, 찌걱 하고 소리를 내어 내 배속을 더듬었다.

"웃?! 흐앗, 아……!"

순간, 전신을 달콤한 저릿함이 달려 나는 흠칫거리며 몸을 한껏 젖혔다.

가버린 줄 알았다.

하지만 육봉은 아직 단단하게 휘어 올라간 채였다.

숨을 흩뜨리며 입술을 떠는 나를, 나기는 작게 웃으며 깊숙이 꽂은 손가락을 빼려고 했다.

"아, ─싫……싫어,"

나는 애원하고 있었다.

몸을 가득 채우는 음란한 압박감을 잃는 것이 안타까워서.

나기의 팔을 붙잡으려고 하체에 팔을 뻗다가 나기와 눈이 마주쳤다.

"괜찮아, 걱정하지 마."

하지만, 그렇게 말한 나기의 손가락은 내 안에서부터 빠져나갔다.

"……으!"

빠져나가는 감촉마저 쾌감으로 느껴져, 나는 부르르 등줄기를 떨었다.

붙잡고 있던 내 하체를 놓고, 나기가 몸을 일으켰다.

"……?"

멍하니 바라보는 내 눈 앞에, 나기가 벨트를 풀고 하체를 드러냈다.

―나기도, 발기해 있었다.

제4화

이상해져 버려!

―나기가, 욕정하고 있어?

남자인 나를 앞에 두고?

왜?

혼란스러워하면서도, 나는 무의식중에 군침을 삼켰다.

나기는 나에게 보란 듯이, 늠름한 남근을 속옷에서 꺼냈다.

"섹스라는 건, 한쪽만 기분 좋다고 되는 게 아냐."

나기는 내 한쪽 다리를 안아 올린 채, 그대로 내 허리를 양손으로 끌어당겼다.

적셔진 등 뒤에 나기의 뜨거운 기둥이 눌러졌다.

나는, 숨을 삼켰다.

맥박이 빨라져서 괴로울 정도였다. 귓가에 내 심장 소리가 미친 듯이 들려왔다.

상체를 구부린 나기는 내 긴장을 풀어주려는 듯, 양쪽 눈을 가늘게 뜨고 내 앞머리를 부드럽게 쓰다듬어 주었다.

"지금부터 너에게, 섹스를 가르칠 거야."

나기가 가라앉은 목소리로 속삭였다. 그렇지만 그것은 곧 몰아칠 태풍을 기다리는 바다처럼, 잔잔하지만 요동치고 있었다.

열띤 혼이 내 몸을 열어젖힌다.

"그…… 웃, 아. 으."

나기에게 떠받들린 허리를 젖히며, 나는 눈을 부릅떴다.

나기가 들어오는 게 느껴졌다.

지금 구멍에 맞춰졌을 뿐인 단단한 것이 내 안으로…….

"흐앗, 앗…… 아, 우… 우읏, 으응!"

나는 허리를 잡는 나기의 손을 세게 움켜쥐었다.

"아파?"

괴롭게 쥐어 짜내는 듯한 나기의 목소리에 가늘게 눈을 뜨니, 나기의 얼굴이 바로 눈앞에 있었다.

진지한 눈빛으로 내게 물어보는 듯 바라보고 있다.

여전히 시선을 빼앗겨 버린다.

나는 흔들흔들 고개를 저었다.

"괘, ……괜찮, 아……으, 응."

물고 있던 아랫입술을 놓자, 하반신에 틀어박힌 나기의 것을 똑똑히 느껴 버리고 말아서 온몸이 부들부들 떨렸다.

나기는 상냥하게 미소 지으며 땀이 흥건히 배어나온 내 뺨에 입을 맞췄다.

"—자, 움직인다."

지금까지 느껴본 적 없는 압박감이 하복부를 강타했다.

나기가 얼마만큼 들어와 있는지 솔직히 알 수 없었다.

하지만, 내 옆얼굴에 입술을 묻은 나기가 허리를 움직이자,

"앗, ……아, 앗!"

아직 들어오고 있다.

"앗, ……아, 앗!"

내 의사와 관계없이 허리 아래가 흠칫흠칫 떨리며 나기의 자극을 더 원하고 있다.

나기가 휙 허리의 위치를 바꿨다.

"으앗, 으……아, 아웅!"

방금 손가락 끝으로 덧그려졌던 곳에 나기의 귀두가 밀어붙여져 나는 상체를 비틀었다.

"잘 느끼는군."

숨을 내쉬듯 가볍게 웃은 나기가 허리를 움직였다.

"아, 앗……! 그, 치만……! 아, 그, ……아, 아앗!"

깊숙이 박힌 채 나기가 몸을 움직이자, 그것만으로도 미쳐 버릴 것 같았다.

나기의 숨결이 닿는 것만으로, 내 허리도 저절로 움직여 버린다.

"그치만? '그치만', 뭐?"

내 뺨을 짧게 빨고 상체를 일으킨 나기가 허리를 뺐다.

"아⋯⋯! 싫, 싫어⋯⋯ 엇! 나기, 더, ⋯⋯좀!"

나기의 팔에 손톱을 세운다.

하지만 다음 순간, 나기가 기세 좋게 나를 밀어붙여 왔다.

"잠, 그⋯⋯ 아, 아웃⋯⋯ 아아, 으앗⋯⋯!"

"그치만 기분 좋다는 말인가?"

배 위에 쌓인 내 쿠퍼액이 가슴까지 흘러내렸다.

좀 전보다 더 깊이 들어온 것처럼 느껴졌다.

어쩌면 나기의 것이 좀 전보다 커져 있을지도 모른다.

"그, 웃⋯⋯ 아니⋯⋯."

무슨 말을 해야 할지 머리가 하얘져 떠오르지 않는다.

"아닌 게 아니지?"

덜덜 떠는 숨을 들이마시고,

힘없이 나기의 팔을 밀며,

침 범벅이 된 입가를 누르는데 그 손을 나기에게 붙들렸다.

"여기는 기분 좋다고 말하고 있군."

말하며, 나기가 허리를 회전시켰다.

"싫, 으앗, 아응, 앗……!"

꽉 오므라든 구멍을 꿰뚫리면서 질척질척 끈적한 소리가 흘렀다.

그곳이, 나기가 말한 대로 벌름벌름 수축을 반복하고 있는 건 알고 있다.

"솔직히 말해."

나기는 침범벅이 된 내 손을 끌어올려 입에 물었다.

"—나는 기분 좋아. 리쿠의 몸속."

"……!"

숨도, 심장도, 멈춰 버렸나 생각했다.

나는 가슴속이 꾸욱 조여지는 느낌에, 왠지 이유는 모르겠지만 울음이 터져 나올 것 같았다.

"그러니까, 리쿠가 같이 기분 좋아졌으면 좋겠어."

쪽, 하고 소리를 내서 내 손가락을 빨고 놓아 준 나기가 상체를 기울였다.

"같이, 기분 좋아지자고."

나는 매달리듯 나기의 등에 팔을 둘렀다.

나기가 천천히 추삽질을 시작했다.

"응, 우으…… 응! 나, 기… 좋아…… 기분, 좋…… 아앗!"

나기가 강하게 밀어붙일 때마다 침대가 삐걱거린다.

숨 막힐 듯 끌어안긴, 숨 막힐 듯 끌어안은 덕분에 내 몸은

밀려 올라가는 일 없이, 나기가 허리를 밀어 올릴 때마다 걸쳐 올려진 다리가 반동으로 경련했다.

"앗, 조…… 아아, 좋, 앗……! 응, 아으…… 웃, 엄청… 나기, 나…… 기이, 하웃!"

격하게 허리놀림을 하는 나기의 숨결이 거칠어져 갔다.

음란하게 녹아버린 구멍을 흔들 때마다, 가버린 줄 알 정도로 쿠퍼액이 흘러나왔다.

거칠어지는 숨. 무조건 올라가는 체온.

피부 위에 흥건히 솟은 땀이 얽혀들어 어떻게 돼버릴 것 같다.

나는 정신없이 나기에게 허리를 비비면서, 손을 올린 등에 손톱을 세웠다.

"—으앗, 앗…… 안, 돼……! 으응, 으, 미, 미칠 것, 같… 아아……!"

위에서 때려 박는 것처럼 삽입되던 나기의 남근에 꿰뚫려, 나는 새된 소리를 내지르며 몸을 젖혔다.

도망가고 싶단 생각 따위 없는데, 몸이 도망가고 싶은 것처럼 괴롭다.

순백의 시트를 엉망진창으로 만들고 몸을 비비 꼬는 나를 강하게 구속한 나기의 추삽질이 빨라졌다.

흠칫흠칫 떨리는 등골까지 땀이 흘러내리고 있다.

"안… 아……! 웃, 이, 이제 가…… 아앗, 갈 것, 앗, 또,

갈…… 아웃!"

이제 자신이 무슨 체액으로 범벅이 되어 있는지조차 알 수가 없다.

채 삼키지 못한 자신의 타액인지,

나기의 입으로 옮겨진 타액인지,

땀인지,

눈물인지,

쿠퍼액인지,

어쩌면 벌써 사정한 건지.

간 것이어도 이상할 게 없다.

나기에게 꿰뚫릴 때마다 비명 같은 소리를 지르고 있던 나는, 느끼다 못해 미쳐 버렸나 싶을 정도로 이미 쾌락의 노예가 되어 있었다.

"가…… 가아, 가……! 나기, 갈 것 같아, 간다, 가아…… 아앗!"

나기의 입맞춤에 혀를 빼고 응하면서 교성을 지르자 나기도 짧게 끄덕였다.

"아아, 괜찮아. 나도, 간다…… 나올 것 같, 아."

낮게 힘주어 내는 목소리.

내 좁은 그곳에 두근두근 고동치는 나기를 느낀다.

나기가 내 혀를 핥아 올리며 입술을 마주 댔다.

"응…… 으! 응, 우으응…… 우으, 후…… 응, 으읍……!"

그대로 라스트 스퍼트에 들어갔다.

허리를 꼼짝 못하게 억누르고 난폭하게 뱃속을 찌른다.

내 안의 나기도 조금씩 액을 흘리고 있었는지 찌걱, 찔꺽, 하는 젖은 소리가 울려 퍼질 때마다 결합부가 물보라로 젖어 들어간다.

"리쿠, ……웃, 간다, ……후웃, 아……!"

나기가 신음한 그 순간—

내 안에 뜨거운 급류가 흘러왔다.

"……웃! 아, ……아앗! 아……!"

콸콸 배 안으로 쏟아져 들어오는, 마그마와 같은 나기의 정.

기세 좋게 위까지 밀려 들어오는 것 같은 느낌에 나는 눈을 부릅뜨고 온몸을 떨었다.

목 근처에 주르륵 무언가가 흘러내렸다.

나도 기세 좋게 토정한 모양이다.

계속 가고 있는 것 같은 상태여서 눈치를 못 채고 있었다.

"하아……. 핫, ……하."

거친 숨을 흘리던 나기가, 체중을 실어 왔다.

사정한 후 힘이 빠진 나기의 얼굴.

나는 조심조심 그 옆얼굴을 훔쳐보았다.

"……왜."

"!"

들켰다.

나는 당황해서, 눈을 감고 시치미를 뗐다.

상기된 뺨, 땀범벅인 피부.

힘이 빠져 권태감을 명백히 드러내는 나기의 표정이라니,
쉽게 볼 수 있는 장면이 아니다.

나는 한순간이라도 훔쳐볼 수 있던 그 표정을 눈꺼풀 안에
되새기면서 히죽거렸다.

그 입술을 짧게 빨렸다.

"웃!"

놀라서 심장 소리가 튀어 오른 그때, 스르륵 몸 안에 있던
나기가 빠져나갔다.

내가 움직인 탓일지도 모른다.

……조금, 쓸쓸하다.

나기는 크게 숨을 내쉬고는, 누운 그대로 데구르르 뒹굴어
내 옆에 엎드려 누웠다.

배 위를 살짝 만져 보았다. 아직 체내에 나기의 감촉이 남
아 있다.

"기분 좋았어?"

나기가 옆에서 말했다.

나는 한순간 숨을 멈추고 배를 만지던 손을 몸 아래에 감
추었다.

"다, 당신은?"

한쪽만 기분 좋은 건 섹스가 아니라고, 나기는 말했다.

그렇다면.

"완전 기분 좋았어."

나기는 딱 잘라 말하고, 웃었다.

"······웃!"

치사해.

지금까지,

잡지에서도 드라마에서도 본 적 없는,

물론 태어나서 처음으로 보는 듯한—

순수한 웃음을 마주한 나는 현기증을 느꼈다.

침대에서 벌떡 일어났다.

아래에서 주르륵 나기의 체액이 흘러내리는 감각이 있었지만, 힘을 다해 꾹 참았다.

"저, 저기······. 뭐라고··· 해야 할지······. 고, 고마워."

나기가 수상쩍다는 기색으로 나를 보고 있다.

"뭐랄까, 그, 당신을, 아, 아니 나기, 씨····· 에게, 폐를 끼쳐······ 서."

PD에게 일을 받은 것은 나고, 나기하고는 관계없는 일인데.

애초에 나기는 내 뒤를 봐줄 생각 같은 건 없었을 거다.

처음부터 냉정한 태도를 견지해 왔으니까.

이렇게 침대에서 뜨겁게 안아줄 줄은 상상도 못할 만큼 차

가운 태도뿐이었으니까.

그러니까 이건 어디까지나 나기의 변덕, 혹은 예상 외의 친절일 뿐, 거기에 아무것도 기대면 안 된다.

그렇게 생각하며 나기를 보고 있을 때, 나기가 갑자기 말했다.

"됐어, 나기라고 불러도 돼."

나기도 천천히 몸을 일으켰다.

내가 조심스럽게 돌아보자, 고개를 움츠리며 훗 웃은 나기가 팔을 뻗었다.

머리를 사사삭 쓰다듬는다.

"나도 기분 좋았다고 말했잖아. 게다가, 귀엽기도 했고."

머리를 쓰다듬은 손으로 나를 끌어당겨 내 얼굴을 들여다본 나기가, 경악스러울 정도로 요염한 미소를 띄웠다.

"……!!!!!!"

온몸의 피가 얼굴로 쏠리는 소리가 들리는 것 같았다.

"오, 옷오오, 오오, 오오오오오옷."

내 입에서 나도 알 수 없는 희한한 소리가 흘러나왔다. 하지만 주체할 수가 없었다.

갓 잡은 참치보다 더욱 뜨겁게 뛰어다니는 심장 소리를 숨기기 위해서는.

"…… '오'?"

괴상한 내 소리에 나기가 고개를 갸웃거린다.

심장이 펄떡펄떡거려서 말이 나오질 않는다.

"오, 오늘 일에 대한 사죄로……! 사죄, 로, 당신이 또 하고 싶어지면, 해도 좋아!"

"뭐?"

─무슨 소릴 하는 거야, 난.

나기도 놀라서 말을 잃고 있었다.

그 이전에 난 이미 내 정신이 어디로 갔는지 알 수 없어졌다.

"아아."

이윽고 나기가 얼굴을 돌리고 웃음을 터뜨리더니, 당황해서 입을 막은 나를 곁눈으로 보며,

"자, 그럼. 또, 잘 부탁해."

……그렇게 말했다.

*　　*　　*

드라마 『러브신』의 크랭크인은 이틀 뒤에 이루어졌다.

처음엔 간단한 대본 읽기와 포스터 촬영.

나는 매니저와 함께 스튜디오에 들어서면서부터 나기의 모습을 찾고 있었다.

매니저에 의하면 나기는 잡지 취재 후에 직접 스튜디오로 온다고 했는데……

"여, 리쿠."

익숙하지 않은 현장에서 두리번두리번거리는 나를 발견하고 다가온 것은,

PD였다.

풍채 좋은 몸집을 이리저리 흔들며, 사람 좋아 보이는 웃음을 지으며 다가온다.

"……! 앗…… 어어어, 어어어어, 그, 잘, 잘 부탁드립니다!"

간신히 인사를 건넬 수는 있었다. 단숨에 굳어서 인사조차 못하는 것보다는 훨씬 좋은 대처였지만.

등줄기에 기분 나쁜 땀이 뿜어져 나온다.

나기와 한, 이런 짓 저런 짓을…… PD랑도 할 수 있을까?

진짜?

"긴장하지 마~"

부드럽게 목소리를 높인 PD가 가볍게 든 손을 내 엉덩이에 댔다.

"……으!"

전신이 긴장돼서, 꼼짝도 못했다.

목소리도 나오지 않고, 식은땀만 등줄기에 흘렀다.

그런데,

"오, 이노우에!"

PD는 내 옆을 어처구니없이 지나쳐 다른 스태프들이 있는

곳으로 가더니,

엉덩이를 쓰다듬고 있었다.

······························얼레?

"그러니까 말했잖아, 베갯머리 영업 같은 거 없다고."

귀에 익은 낮은 목소리가 들려왔다.

허겁지겁 뒤를 돌아보았다.

등 뒤에 사진 촬영용 메이크업을 한 나기가 서 있었다.

"엉덩이를 만지는 건, 저 사람 나름대로의 스킨십."

벙찐 나에게 시선을 돌리고, 나기가 한쪽 눈썹을 치켜세웠다.

그리고, 일부러인 티가 확 나게 내 엉덩이를 만지고 지나쳐 간다.

······이것도 스킨십··· 인 건가?

나는 새빨갛게 달아오른 뺨을 감추고, 나기의 뒤를 쫓아갔다.

제5화

키스신

월요일 아홉 시 드라마 『러브신』 제5화, 신 19.

그라비아 아이돌 카시하라 유카가 눈에 눈물을 한가득 담고 나를 쳐다보고 있다.

"나, 어떻게 생각해……?"

눈물이래 봤자, 몇 초 전에 메이크업 담당이 넣어준 안약이다.

새카만 눈동자는 까만색 렌즈.

립글로즈를 덧칠한 입술은 윤기가 흐르고 있었다.

아아, 긴장되기 시작했다!

"어떻게…… 라니."

연기를 할 것도 없이 말이 막혀 웅얼거리게 된 시추에이션이다.

"난 케이가 좋아. ……좋단 말야!"

그렇게 말하면서,

카시하라 유카가 내게 뛰어들었다.

"!"

무심결에 몸을 뒤로 젖힌 나에게, 카시하라 유카가 입술을 눌러왔다.

"……!"

"……좋아한다구."

가까이서 토해지는 속삭임.

뺨을 흘러내리는 눈물(안약).

나는 긴장한 기색이 역력한 얼굴로 입술을 단단히 다물었다—

"오케이, 컷!"

감독의 지시에, 카시하라 유카는 나에게서 뿅 떨어지며 고개를 움츠려 쑥스러운 듯 웃었다.

나는 입가에 묻은 글로즈를 손바닥으로 닦아내며 어색하게 웃음을 돌려주었다.

달리 어떤 얼굴을 해야 좋을지 알 수가 없었다.

키스신도 처음인데, 그다음의 대처 방법을 알까 보냐!

"카즈이, 너! 연기를 하라고!"

등 뒤부터 스튜디오를 가로질러 울려 퍼진 감독의 노성에 나는 움찔 등을 움츠렸다.

"유카랑 노닥거리는 것만으로 출연료 받을 거라고 생각하지 말라고."

모니터를 바라보고 있던 감독이 담배를 눌러 끄며 크게 한숨을 토했다.

나조차도 좀 전의 연기가 연기가 아니었음을 알고 있으니, 감독이 눈치채지 못할 리가 없다.

"그런 생각 안 합니다."

나는 감독을 향해 등줄기를 펴고, 방금 전까지 들썩거리던 마음을 바싹 잡았다.

"생각하고 있잖아!"

목소리가 거칠어지나 했더니, 감독이 가까이 있는 파이프 의자를 발로 차 넘어뜨렸다.

스튜디오에 긴장이 달렸다.

평소에는 온순한 포유류같이 생긴 감독이지만, 컷이 맘에 들지 않으면 단숨에 육식동물로 변한다는 것을 모두가 알고 있었다.

"너, 대본 읽고 온 거냐? 여기가 학예회인 줄 아냐!"

싸한 침묵이 돌아온 스튜디오에서 나는 크게 심호흡했다.

아무리 억지스러운 말을 들어도 나는 이성을 잃으면 안 된다.

나는 아직 신인에, 연기에 대한 건 아무것도 모른다.

꾸짖음을 들은 것이 한두 번도 아니고, 다음에야말로 좀 더 나아질 수 있도록 노력하는 것이 지금 내가 할 수 있는 최선이었다.

"죄송합니다! 한 번만 더 부탁드립니다!"

나는 긴장을 떨치기 위해 목청을 높이며, 감독 이하 스태프 전원을 향해 머리를 숙였다.

"한 번, 쉬었다 가지?"

정적을 깬 것은

―나기의 목소리.

돌아보니 스튜디오 한 켠의 벽에 나기가 기대어 서 있었다.

그는 다음 신 촬영이라 대기였을 텐데, 왜 스튜디오 안에 있는 거지?

"나는 괜찮아, 시간 좀 걸려도. 이런 분위기에서 일하고 싶지도 않고."

그렇지, 하고 묻는 듯이 나기가 감독을 쳐다보자, 감독이 입을 다물고 일어났다.

그걸 신호로 FD가 오 분 휴식을 선언했다.

긴장된 분위기가 와 하고 풀려 나가면서 스튜디오에 소리가 돌아왔다.

　그 소리 안에서,

　"리쿠."

　이리로, 하고 나기가 손짓했다.

　나기에게 초대받아 대기실에 들어가니, 그곳은 스튜디오의 험악함이 거짓말같이 따뜻하고 평화로웠다.

　나란히 앉은 테이블 앞에서 나기가 이야기했다.

　"딱히 나쁘진 않다고 생각하는데, 방금 신. 단지 그 감독은 화려한 연기가 취향이어서 호들갑스럽게 움직이는 편이 좋을지도 몰라."

　나기와 단둘이 되어 갑자기 긴장이 풀린 나는, 눈물샘이 풀려 꾹 입술을 물었다.

　"용케 말대답 안 하고 버텼네. 잘했어."

　눈물을 삼킨 내 속을 들여다 본 것처럼, 나기는 내 머리를 쓰다듬어 주었다.

　"……읏."

　울어버리면 메이크업을 망친다.

　남자인 주제에, 메이크업 담당에게 '울었으니까 고쳐 줘요'라곤 부끄러워서 말 못한다.

　하지만, 나기의 손이 다정해서 정말로 눈물이 나올 것 같았다.

"우는 건 다음에."

그런 내 기분마저 꿰뚫어본 듯 나기가 웃었다.

"오늘, 촬영 끝날 때까지 기다릴 수 있어? 자고 가."

내 머리를 뒤죽박죽 쓰다듬으면서 나기가 얼굴을 숙여 들여다보듯 바라보았다.

나는 눈물이 고여 있는 것을 보여주기 싫어서, 얼굴을 깊숙이 묻고 말없이 고개를 끄덕였다.

나기의 자택으로 처음 불렸던 것은 몇 주 전의 일이다.

촬영은 이른 아침부터 심야에 이르기까지 진행되어, 교외에 있는 내 집까지 매번 택시로 돌아가는 건 힘들지 않느냐고 하고 나기가 권해준 것이 계기였다.

원래는 첫 촬영에 정신을 못 차리는 나를 위로해 주고 격려하기 위해서였는지도 모른다.

하지만 나기의 집에서 묵게 되면, 결국 그렇고 그런 것까지 하게 된다.

'또 해도 괜찮아' 따위 말을 한 건 나고,

……딱히 싫은 것도 아니니까.

결국 이날, 내 키스신은 네 번째 테이크로 무사 OK를 받았다.

나의 오늘 촬영 스케줄은 그것으로 끝.

바통을 이어받듯 계속된 나기의 신이 촬영 종료했을 때, 시계의 바늘은 자정을 넘기고 있었다.

"내일, 네 시 시작이라네."

매니저로부터의 전화를 끝낸 나기가 하품 섞어 말했다.

"하아……."

그런 말을 할 입장은 아니지만, 내일 촬영하러 가는 기분이 무겁다.

내일은 나기도 함께하는, 사람 수가 많은 신이다.

이야기 흐름상으로도 중요한 신인데, 거기서 또 감독한테 혼나기라도 하면 다른 사람들에게 폐를 끼치게 된다.

"첫 키스신, 어땠어?"

"어?"

머리가 복잡해 나기가 옆에 온 것도 몰랐다.

"처음이지? 키스신."

카우치에서 긴 다리를 꼰 나기는 놀리듯 웃고 있었다.

"그야…… 뭐어."

"여자랑 키스한 것도 처음?"

"……! 벼, 별로 키스랄 것도 아니야."

고동이 급격히 빨라졌다.

얼굴이 뜨거워졌다.

"그래? 하는 것처럼 보였는데. ……네 번이나."

"그건 그냥……!"

하고 싶어서 네 테이크나 다시 찍었던 게 아니라고!

그렇다. 하고 싶어서 한 게 아니다. 연기가 어설퍼서, 계속

지적을 받아서 하게 된 거다.

그걸 생각하자니 다시 침울해졌다.

스스로의 무기력함을 설명하는 것도 한심해서 나는 입술을 물었다.

"OK 받은 테이크도, 꽤나 여자가 익숙해 보이던데."

"으, 그런 거 아니라니까."

울컥해서 얼굴을 들자, 나기는 웃고 있지 않았다.

카우치의 팔걸이에 팔꿈치를 댄 채 뺨을 괴고 무표정으로 나를 내려다보고 있다.

"어……."

왠지 비난받는 것 같은 기분이 됐다.

딱히 내가 나쁜 게 아닌데.

나기도 키스신 정도는 많이 찍고 있는데다, 키스신도 일인데.

나기와 내가 특별히 다른 사람이랑 키스하면 안 되는, 그런 관계도 아닌데.

뭔가 묘한 기분이 되었다.

—아, 진짜!

나는 일어나서 카우치로 쭈뼛쭈뼛 다가가 나기의 멱살을 쥐었다.

나기는 나를 차가운 눈빛으로 올려다보았다.

나는 꾹 눈을 감고, 그 꿈틀하지 조차 않는 입가에 입술을 눌러 붙였다.

키스라고 하기에도 어설픈, 입술과 입술이 부딪히는 행위.

"……이 정도밖에 안 닿았어!"

심장이 쿵쾅쿵쾅댄다.

딱히 대본에 '키스하시오'라고 쓰여 있는 것도 아닌데, 왜 나는 이런 짓을 하고 있는 거지.

"입, 닿았잖아."

내가 입술을 누른 입가에 손가락 끝을 얹은 나기가 대담하게 미소 지었다.

"그, 그래도 끄트머리뿐이잖아."

아니, 그 전에, 카시와라 유카랑의, 그거는, 일인데.

왜 내가 변명 같은 걸 하고 있는 건지 알 수가 없다.

왜인지도 모르는 채 단지 나기에게 혼나고 있는 듯한, 이상한 기분이 되었다.

"끄트머리뿐이면, 닿아도 키스라고는 안 하는 건가?"

"아니, 별로, 키스라든가…… 그런 게 아니잖아. 그런 신이 었고. ―나기도 하는 주제에."

나는 얼굴을 피하며 나기의 멱살을 놓았다.

그 손목을 나기에게 붙잡혔다.

"!"

휘익, 나기가 내 손을 잡아당겼다.

중심을 잃고 나기의 무릎 위에 엎어진 나를 카우치에 밀어

붙이고, 나기가 내 입술을 막았다.

"아, 웃……응, 웃!"

나기의 혀에 억지로 벌려져, 헐떡이듯 입술을 열었다.

갑작스런 키스에 숨을 쉬고 싶어도 턱을 꽉 붙잡혀서 얼굴을 돌리는 것조차 할 수 없었다.

"응, 웃……으우, 으응……!"

머리 위로 두 팔을 붙잡혀 눌렸다.

입안 가득히 나기의 뜨거운 혀가 들어와, 질척질척한 소리를 내며 내 안을 핥아댄다.

"핫, 으응……웃, 웅, 우웅……!"

나는 카우치 아래에서 다리를 버둥댔지만, 나기를 차는 것조차 할 수 없었다.

몇 번이고 다시 얽히는 난폭한 입맞춤에, 내가 점점 눌린 소리를 내기 시작하자 나기의 무릎이 내 하체를 문지르기 시작했다.

"웃, 응……! 아, 기다—"

위험해.

난폭하게 카우치에 밀어붙여져 입술을 탐닉당하며,

발기해 있다—

그런 사실을 알려지는 게 부끄러워, 나는 몸을 움츠렸다.

하지만 나기의 손이 나를 놓아줄 리도 없었다.

"아, 으……으웃, 아……!"

허벅지를 비벼 욕정을 숨기려고 했지만 쓸데없이 나기의 다리를 끼워 버리고 말았다.

그대로 허리를 흔들자, 마치 내가 먼저 보채며 문지르고 있는 것 같다.

"내일… 이르… 잖아."

입술을 뗀 나기가 내 하체를 카우치에 안아 올려, 갑갑한 지퍼를 느슨하게 했다.

나는 저항할 틈도 없이, 단지 시계를 흘낏 바라보았다.

벌써 두 시가 되려고 하고 있다.

지금부터 ……그런 일을 한다면,

얼마 자지 못한다.

"자아, 그만둘까?"

열린 지퍼 속으로 속옷에 싸인 채인 발기한 남근을 손가락 끝으로 어루만지며 나기는 내 얼굴을 훔쳐보았다.

"어차피 이걸 가라앉히지 않으면 잠들지 못하는 거 아닌가? 기분 좋아진 뒤에 자는 쪽이 내일 촬영도 잘 진행될 테고."

속옷 위를 나기의 엄지손가락이 끈적하게 기어가는 것만으로, 나의 뜨거운 기둥은 흠칫흠칫 떨리며 더욱 머리를 쳐들었다.

"으훗, ……우, 응, ……응."

애태우는 자극에 내가 등줄기를 부르르 떨자 나기가 옷

었다.

나기가 내 몸을 끌어안아 일으켜, 카우치에 앉은 나기의 무릎 위에 마주 보게 앉혔다.

나는 나기와 얼굴을 마주 대는 것이 부끄러워져서, 나기의 목을 매달리는 것처럼 끌어안았다.

"이러면 얼굴이 안 보이잖아."

웃으면서, 나기는 내 속옷 속으로부터 육봉을 꺼냈다.

그러면서 나기 자신의 앞섶을 풀었다.

"자, 이쪽 봐."

나기에게 재촉당해, 조심조심 얼굴을 들자 이번에는 부드 럽게 입술을 빨렸다.

"하 ……으앗, 응, ……웃, 으, 아."

나기의 손에 서로의 남근을 겹치자, 그 열에 참지 못하고 허리를 흔들었다.

"유카와 키스하고, 발기했어?"

입술 밖으로 내민 혀에 핥아지니, 등허리가 떨렸다.

"아, 안 했다니…… 까."

나기의 혀를 받아들여, 입안에 머금는다.

쪽쪽 소리를 낸 나기의 타액을 빨고, 혀를 얽는다.

똑같이 육봉을 갖다 대고 있으니 나기의 손이 속옷에 파고 들었다.

둔덕 사이를 천천히 스며든다.

나기에게 만져질 것도 없이 그곳이 흠칫흠칫 수축하고 있는 것은 스스로도 알고 있다.

"그라비아 아이돌과 키스해도 발기하지 않으면서 나한테 엉덩이를 만져지면서 끈적끈적하게 하고 있는 건가. ……이상한 녀석이네."

어떻게 할 수도 없이 욱신거리는 그곳을 나기의 손가락 끝에 문질문질 괴롭힘 당하자, 거칠어진 숨결을 토하며 허리를 흔들게 됐다.

"으, 그게……."

말문이 막혀서 나는 고개를 저었다.

그런 거, 나도 잘 모르겠다.

단지 그때, 대기실에서 나기가 날 쓰다듬었던 그때부터, 오늘은 이런 걸 하고 싶다고 생각하고 있었던 것 같다.

"응, 싫…… 나, 기…… 나기, 웃…… 이제, 안…… 아."

내가 나기의 뜨거운 기둥에 하체를 문지르며 보채자, 나기도 그걸 알아차린 것처럼 나를 카우치에 쓰러뜨렸다.

"리쿠, 넣는다."

귓가에, 달콤한 목소리가 낮게 울려 퍼졌다.

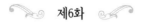

제6화

떨어져 있어야 하는 이유

"오케이입니다!"

감독의 지시를 FD가 사방에 알렸다.

단 한 번, 한 방에 OK 호령이 떨어지다니.

그 소리가 스튜디오에 울려 퍼진 순간, 나는 그 자리에서 몸을 웅크렸다.

"다행이다……."

긴장이 풀려서 몸이 확 무거워졌다.

오늘은 어려운 신이어서, 지난밤부터 걱정으로 제대로 잠을 이루지 못했다. 몇 번이나 대사를 연습하고, 꿈속에서조차 감독에게 불호령을 받았을 정도였다.

끝났다.

기분 좋은 피로감이 엄습했다.

"수고했어, 카즈이. 연기 좋아진 거 같은데?"

나기의 연인 역 여배우가 어깨를 두드렸다.

당황해서 얼굴을 들었다.

"감사합니다."

어제 왕창 깨진 직후였고, 나기나 다른 유명 여배우와도 함께 하는 신이어서 절대로 실수를 하면 안 됐었다. 괜히 악몽까지 꾼 게 아니다. 그 탓에 어제는 한 시간도 잘 수 없었고.

"리쿠, 수고했어."

함께 연기한 이들 중에는 물론 나기도 있었다

다가온 나기의 팔에 스스럼없이 손을 대며 여배우가 웃었다.

"카미시로 씨, 오늘 카즈이, 진짜 좋았지?"

"릴랙스된 것이, 어제보다 훨씬 자연스러운 표정이었어."

연극무대 출신의 박력 있는 미인과 나란히 선 나기는 꽤나 그림이 됐다.

스튜디오 바닥에 볼썽사납게 쭈그리고 있는 나는 비참한 오리새끼고, 마치 백조 한 쌍을 우러러보는 기분이었다.

내가 슬쩍 시선을 피하자 나기가 몸을 숙였다.

"어이, 역시 어제 해놔서 다행이지?"

귓가에 흐르는 나기의 속삭임.

"……!"

나는 엄청난 기세로 얼굴이 새빨개졌다. 스스로도 열이 오르는 것을 느낄 만큼.

"바, 바보, 그건 나기가……!"

무심결에 목소리를 높여 버렸다.

눈앞에 쭈그리고 앉은 나기를 피하며 일어서려 하다가 몸의 중심을 잃어버렸다.

비틀거리는 그 손을 나기가 붙잡았다.

"내가, 뭘?"

나기가 이상하다는 듯 웃고 있었다.

"……으!"

나기가 억지로 키스했으니까.

하지만 그런 걸 스튜디오에서 말할 수 있을 리가 없다.

말을 잃고 이를 악문 나와 심술궂게 웃고 있는 나기의 등짝을, 질린 표정으로 여배우가 두드렸다.

"두 분, 매니저 씨가 부르고 있어요."

나기의 얼굴에서 시선을 돌리기 위해 힘껏 돌아보자 매니저가 손짓하고 있었다.

"아아, 그러고 보니 잡지 인터뷰가 있다고 했던가. 리쿠, 가자."

나기는 그대로 내 손을 끌고 세트장을 뒤로했다.

"카즈이 씨, 잡지 인터뷰는 처음?"

스튜디오의 한 귀퉁이에 설치된 취재용 공간.

촬영 틈틈이 비는 시간을 찾아 스튜디오로 오는 취재진을 위해서 만들어진 곳이다.

여기서 몇 번이나 나기가 인터뷰를 하는 것을 봤지만, 그 자리에 나까지 끼어 있는 것은 처음이다.

"아, 네. 그렇죠……."

TV정보지의 여기자에게 받은 질문에 나는 애매하게 고개를 끄덕였다.

옆의 나기를 훔쳐봤다.

둘이서 하는 인터뷰라서 잔뜩 긴장하고 있는 나와 대조적으로 나기는 지루한 듯 뺨을 괴고 있었다.

"드라마 『러브신』이 데뷔작인데요, 갑자기 인기배우가 되어서 뭔가 생활이 변한 건 있나요?"

"인기배우? ……누가요? 제가요?"

"그래, 너."

벙찐 나에게 나기가 질린 듯 툭 찔러 들어왔다.

여기자가 소리 높여 웃었다.

"리쿠는 지각이 없어서 곤란해요."

나기가 자세를 고치며 말하기 시작하자 카메라맨이 셔터를 누르기 시작했다.

"팬이 말을 걸어 와도 리쿠는 자기 팬이라고 생각을 안 하고 저를 부르니까요."

"언제?!"

그런 일이 있었나? 싶은 생각에 묻자, 나기가 슬쩍 웃는 표정으로 대답했다.

"요전에, 편의점 갔을 때."

"둘이서 편의점에 가셨다구요?"

무심결에 취재를 잊어버리고 얘기를 시작하려고 할 때, 여기자의 놀란 목소리가 끼어들었다.

"예? ……아아, 네에."

드물게 나기가 움찔했다.

나기의 집에서 자면서, 어제처럼 섹스하고, 목이 말라서 같이 편의점에 갔을 때의 일이다.

아무리 천하의 나기라도 그건 좀 움찔할 만도 하지.

나도 온몸이 경직됐다.

"정말로 사이가 좋으시군요! 촬영 중에는 카즈이 씨가 카미시로 씨의 집에서 잘 때도 많으신 건가요?"

"예, 그, 제가 부모님이랑 같이 살고 있어서, 촬영소에서 꽤 멀어서, 선배? 님께, 신세를 지고 있습니다."

동요를 감추고 단어를 끄집어냈다.

"선배라고 부른 적 없잖아."

나기는 완전히 당황 상태에서 벗어나 내 머리를 살짝 두드렸다.

"평소에는 뭐라고 부르시나요?"

여기자가 몸을 앞으로 쭉 빼고 눈을 빛냈다.

"나기."

나와 나기의 목소리가 겹쳤다.

무의식중에 시선을 마주치자 여기자는 또 소리 높여 웃었다.

"자아, 이번에는 스틸샷 촬영 부탁드립니다. 사이좋은 두 분, 있는 그대로의 표정으로 찍혀주세요!"

카메라맨도 쾌활함을 더했지만, 있는 그대로의 표정 따위 찍힐쏘냐.

나는 그렇다 쳐도 나기가 나한테 보이는 있는 그대로의 표정 따위―

"휴일을 보내는 두 사람 느낌으로, 자유롭게 해주세요."

릴랙스를 더하는 카메라맨의 목소리.

나기는 박자 좋게 셔터음에 맞춰 몸을 움직이지만, 나는 아직 사진 촬영이 익숙하지 않다.

그래서 또, 나기를 쳐다보고 말았다.

"리쿠."

그러자, 당황한 나를 눈치챈 듯 나기가 손을 뻗었다.

카메라 앞인데도 조건반사적으로 그 손을 잡았다.

"언제나처럼, 이라고 하는데 말이지. 어쩔래?"

나기에게 손을 끌려 다가가자, 뺨을 맞댄 나기가 속삭여서, 나는 화악 얼굴이 달아올랐다.

"윳! 바보."

나기를 밀어젖히고 당황하며 모르는 척 외면해 버렸다.

그런 내 모습에 소리 높여 웃는 나기의 모습도 카메라에 담긴다.

이런 '언제나의 나기'가 미디어에 흘려지는 것은 아마도 처음일 거다.

최소한 내가 지금까지 '꿈의 카미시로 나기'를 쫓아다닌 동안, 이런 나기의 사진을 본 적은 없었다.

이런 나기를 다른 사람에게 보이는 것이 싫어서 웃고 있는 나기를 저지하려고 매달리자, 그 모습도 찍히고 말았다.

제7화

두 사람의 관계?

며칠 후—

불려간 기획사 사무실에 잡지 견본이 도착해 있었다.

"아하하하하! 너희, 콤비로 엮어 파는 게 더 잘나가겠다!"

인터뷰 기사를 본 사장은 기분이 좋은 것 같았다.

"콤비라니…… 개그맨 콤비도 아니고."

쓰게 웃는 나와 대조적으로, 나기는 조용히 대본을 읽고 있었다.

……응?

나는 나기가 들고 있는 대본을 보고, 눈을 깜박거렸다.

대본이기는 한데, 『러브신』의 익숙한 대본과 표지가 달랐다.

"나기, 그거……."

"어쨌든! 이제부터 인터뷰 늘릴 거야!"

나기에게 말을 걸려고 하다가 사장님의 말에 가로막혀서 애매하게 고개를 끄덕였다.

그녀가 말하는 인터뷰란 분명 나기랑 둘이서 하는 인터뷰이리라. 저렇게까지 인터뷰 반응이 좋으리라 확신하는 것을 보니, 거절할 수도 없다.

드라마 촬영도 앞으로 이제 몇 신 정도만 남아 있을 뿐이었다.

……앞으로 몇 신으로 내 배우로서의 첫 일이 끝나 버린다.

내게 있어서는, 단지 첫 일뿐만이 아니었다.

줄곧 동경해 온 카미시로 나기와의 첫 일이었던 것이다.

언제까지나 같은 장소에서 있을 수 있는 건 아니라는 것을 머리로는 알고 있지만…….

그때,

"리쿠도 다음 일 정해졌으니까!"

무작정 혼자 결정해 버린 사장님이 내 어깨를 두드리고 방을 나갔다. 한층 들떠서는 다른 인터뷰 스케줄을 잡기 위해 뛰어다닐 생각인 모양이었다.

난 다른 생각을 하고 있었다.

나 '도'?

나기의 손에 들린 것에 다시 한 번 눈을 돌렸다.

―아아, 벌써 다음 일에 들어간 거구나, 나기는.

알아채자, 쓸쓸해졌다.

언제까지나 신인의 보호자 역할을 하고 있을 수는 없을 거다.

……애초부터, 나기는 날 돌봐줄 생각 같은 건 없었었고.

"……나기는?"

조심조심 말을 걸었다.

대본을 보고 있는 나기의 표정이 짐짓 무거워 보여서, 진지해 보여서 절로 목소리가 낮아졌다.

꼭 나기가 옛날―단지 내가 연예인 카미시로 나기를 쫓아다니던 시절―과 똑같이, 다른 세상에 사는 상대가 되어버린 것 같은 생각마저 들었다.

그러나,

"응?"

나기는 나의 부름에 대본에서 눈을 떼고 고개를 들어주었다.

"나기는 다음 일 뭐해?"

나기의 곁에 앉았다.

나기가 손에 들고 있던 대본을 들어 표지를 보여주었다.

"영화?"

"그래. 두 달 정도, 독일 로케."

나기는 별일 아닌 것처럼 말하고, 다시 대본에 눈을 돌려 버렸다.

아무리 기획사 선후배라고 해도, 드라마 촬영이 종료되면 꽤나 만나기 힘들어질 거란 것은 알고 있었다.

지금까지가 이상했던 거다.

신인이 간판 배우의 집에서 잘 수 있는 상황이라니.

뒤에서는 매니저다 뭐다 소문이 돌고 있을 정도였다. 연예 계에 아직 어두운 나조차도 그런 소문을 들었으니, 얼마나 많은 사람이 떠들고 있을지 모를 일이다.

하지만, 이렇게 갑자기 독일까지 갈 필요 없을 텐데.

이렇게 갑자기.

나는 아무 말도 듣지 못했는데…….

나는 목이 졸린 것처럼 메여 와, 목소리가 나오지 않아 침을 삼켰다.

"—왜 그런 얼굴을 하고 있어?"

그러자 갑자기 대본에서 시선을 든 나기가 내 머리에 손을 올렸다.

"선물 정도는 사다 줄게."

질린 것처럼 웃은 나기가 대본을 닫고 나를 향해 자세를 고쳤다.

"……기념품 같은 거, 필요 없어."

나는 무의식중에 입술을 삐죽 내밀었다. 눈을 가늘게 뜬 채 나를 지그시 내려다보고 있는 나기를 쏘아보았다.

"독일 풍경, 문자로 보내. 매일. 촬영 풍경이든, 매일 먹은 식사든, 뭐든 좋아.

휴대폰을 치켜들고 내가 말을 토하자, 나기는 한순간 눈을 휘둥그레 떴다가, 풋 웃었다.

"아아, 좋아. 전화도 해줄까?"

"시차 있잖아."

"그야 그렇지만."

웃고 있는 나기가 어디까지 진심인지는 알 수 없지만, 이번에는 나기가 나에게서 다시 눈을 떼 대본으로 시선을 돌려도 기분이 나빠지지는 않았다.

*　　*　　*

월요일 아홉 시 드라마 『러브신』.

최종화, 마지막 테이크.

"그럼, 또 보자."

사랑의 난투극을 반복한 오 인의 남녀가 처음으로 만났던 추억의 가게에 모이고, 그리고 헤어지는 신.

나는 각자가 뿔뿔이 흩어져 돌아가는 마지막 신에서, 캐스트를 빙 돌아보았다.

나기와의 러브신이 많아서 나기의 팬들에게 종종 괴롭힘을 받았다고 하는 연인 역의 여배우나, 내 첫 키스신의 상대, 카시와라 유카.

그리고—

내 진짜, 첫 키스 상대,

—나기.

오늘, 드라마가 크랭크업 하면 나기는 내일이라도 독일로 떠나 버리겠지.

"영원히 헤어지는 것도 아니니까, 울지 마."

나기가 말했다. 물론 대사지만.

울고 있는 것은 카시와라 유카였다.

하지만 사실은 내가 울 것 같았다.

"안녕! 잘 가!"

나는 허세를 부리며 커다란 목소리로 최후의 대사를 말했다.

"컷! 오케이!"

감독의 컷 소리가 울렸다.

이런 때이니 만큼, 한 번에 OK.

내 첫 드라마의 촬영이,

그렇게 끝났다.

*　　　*　　　*

"리쿠, 뒤풀이 어쩔래?"

스태프에게 꽃다발을 받은 나기가 말을 걸어서, 나는 당황하며 눈물을 훔쳤다.

"어쩌다니?"

되묻자 나기가 다가와 목소리를 낮춰 말했다.

"몇 차까지 갈 거냐고. 난 내일 준비를 해야 돼서 중간에 일어날 건데."

이렇게 말한 나기가 나를 내려다보았다.

눈이 마주쳤다.

—그렇다는 건,

독일 가기 전에, ……란 소리?

이런 건 입 밖에 내어 물어보는 것도 못하겠다.

단지 심장의 두근거림이 빨라지고 있을 뿐.

"가, 같이 돌아갔으면 하는 거면, ……그럴 수도 있고."

신인이 첫 드라마 촬영이 끝마친 후 회식에서 멋대로 빠진다는 건, 그럴 수도 있지만 최대한 그러지 않아야 하는 법.

하지만 그런 건 내 머릿속에 들어 있지 않았다.

나기의 표정을 살폈다.

한쪽 눈썹을 올린 나를 내려다보고 있던 나기는 짧게 웃으며 내 머리를 흐트러뜨리듯 쓰다듬었다.

"그럼, 이따가 또."

그렇게 속삭이며, 나기는 스태프들에게 인사하러 가버렸다.

나기가 두 달이나 일본을 떠나 있게 되니까, 마지막 밤을 보내는 게 되는 건가, 나?

왜?

—아마, 그런 질문을 할 시간은 오늘 밤에는 없을 테지만.

"아, —으앗, 아, 아앗⋯⋯! 나, 기이⋯⋯으, 그만, 그⋯⋯ 안, 아앗!"

현관 앞에서 벽에 기대 선 내 허리를 끌어안은 나기가, 조금씩 나를 흔들며 거친 숨을 토했다.

발치에는 내가 흘린 체액이 점점이 떨어져 김마저 올라올 것 같았다.

"갈 것 같아?"

쐐기를 박아 넣듯 깊이 허리를 묻은 나기가 금방, 하고 귓가에 속삭였다.

"가, 갈, 것⋯⋯ 웃, 가⋯⋯ 가게 해, 줘⋯⋯ 엇!"

벽에 손톱을 세우고 나는 목소리를 높였다.

좀 전부터 몇 번이나, 갈 것 같으면 자극을 멈춰 버리는 통에 미쳐 버릴 것 같았다.

뒤풀이 이차 도중에 나는 나기와 함께 돌아왔다.

나기의 집으로.

나기의 고급 맨션에 이렇게 찾아오는 것도 오늘로 마지막일지도 모른다고 생각하자 쓸쓸한 기분이 되어버렸지만,

—현관에 들어오자마자 나기의 손에 벽에 밀어붙여져, 감상적인 기분은 날아가 버렸다.

"아직 안 돼."

깊숙이 나를 꿰뚫은 상태로 허리의 움직임을 딱 멈춘 나기의 목소리는 웃고 있었다.

"대체, ……왜에……!"

스스로 허리를 움직이면 나기의 손에 붙들려 멈춰지고 만다.

가만히 있으려고 해도 서로를 아우르며 높아지는 체온과 쿵쿵대는 고동, 격렬한 숨결은 멈출 수가 없었다.

—게다가 내 안에 들어와 있는 나기의 남근이 움찔움찔 맥박치고 있는 것도.

나기도 사실 가고 싶을 텐데.

그런데도 그는 끝까지 격렬한 숨을 참으며 흥분을 억제한다.

"리쿠는 왜 가고 싶어? 벌써 끝내고 싶은 거야?"

벽에 손을 대고 매달려 있는 내 등에 나기가 가슴을 붙여

왔다.

나는 흔들흔들 고개를 저었다.

"아니…… 잇."

"그럼, 뭐지?"

나기의 굵은 남근을 뿌리까지 집어삼킨 채로 있으면, 구멍이 혼자서 움찔움찔 수축해 버린다.

나기의 것이 그것에 호응하듯 불끈불끈 튀어 오른다.

"자, ……잔뜩, 가고 싶어……. 웃, 나, 나기도……."

어깨너머로 나기를 돌아보며 나는 떨리는 입술로 대답했다.

나기가 눈을 깜빡였다.

그리고는, 두 눈을 가늘게 뜨고 웃었다.

그것만으로도 가버릴 정도로, 아름다운 표정으로.

"그렇네. 이제 두 달이나 못 만나지. —잔뜩 넣어줄게. 아래부터든, 위부터든."

"웃?!"

나기는 내 뺨에 입술을 대고 그렇게 중얼거리는가 싶더니, 깊숙이 찔러 넣은 허리를 격렬하게 흔들기 시작했다.

"아앗…… 아, 안……! 그, 렇…… 게, 웃, 세게…… 하웃!"

나기의 허리가 내 양 둔덕과 부딪치는 살 소리와, 내 구멍에 뿌려진 나기의 쿠퍼액이 내는 찌걱찌걱 물기 있는 소리가 섞여 들어간다.

자극을 원해 민감하게 되어 있던 몸속을 갑자기 찔려 나는 복도에 쓰러질 것 같았다.

"으앗, 아, 안, 더…… 더, 아앗…… 싫, 안, 갈, 갈, 것 같…… 아, 가……! 아, 나, ……나기, 나, 기, 가……!"

내 스스로도 무슨 말을 하는 건지 알 수가 없다.

무릎에 힘이 풀린 나를 나기가 끌어안은 채 찔러 올렸다.

뱃속 깊은 곳까지 범해지고 있는 기분에 나는 몸을 뒤틀며 괴로워했다.

아니, 환희했다.

"리쿠…… 나도 간다. 같이 가는 거야."

무릎 뒤를 잡아 안기고, 상체를 벽에 기대 지탱하고 있는 상태로, 하체를 나기에게 꿰뚫린 나는 엄청나게 불안정한 자세였다.

하지만,

나기를 더욱 깊숙이 느낄 수 있는 것 같아서 정신없이 고개를 끄덕였다.

나기가 크게 허리를 썼다.

높게 치솟은 기둥이 과민해진 육벽을 문지를 때마다 나는 등줄기에 파도치는 사정감을 억눌렀다.

"싫, 아……! 가, 웃…… 가아……! 나와, 웃……나기, 가 버, 려, 으응……!"

내가 등줄기를 떨자 나기에게도 그 흔들림이 전해진 것인지, 나를 안는 나기의 손가락 끝에도 힘이 들어갔다.

"리쿠의 안, 계속 움찔거리네……. 이 안에 쏟아부으면 어떻게 돼버리는 건 아닐까."

짐승같이 거친 숨을 내쉰 나기가 수컷처럼 낮은 목소리로 속삭인다.

그 말만으로도 어떻게 되어버릴 것 같은 내 가슴 위의 유두를 나기가 틀어쥐었다.

"힛, 읏……아, 앗……!! 싫, 아아……앗! 이상, 해, 미칠 것…… 아읏, 읏!"

나기에게 범해지는 하체부터 머리끝까지 달콤한 전류가 치밀어 올라, 나는 나기에게 꿰뚫린 허리를 무아지경으로 흔들어댔다.

몸 안쪽의 부드러운 살을 엉망진창으로 흔들리며, 유두를 혹독하게 공격당한다.

입술부터 흘러내리는 타액을 닦을 틈도 없었다.

노도와도 같이 밀려오는 쾌락 때문에 실신할 지경이 되자, 나기가 치받아 오르기 시작했다.

"아, 으, 이제, 가아……! 안 돼, 이제…… 읏!"

뒤에서 끌어 안겨 올려진 발끝을 경련하며 내가 신음하자, 나기가 나를 안은 팔에 힘을 주었다.

—온다.

나는 나기의 토정을 예감하고 점점 더 깊이 느꼈다.

"하, 아…… 읏, 간다, 나도 간다, 리쿠, ……읏."

말하면서, 나기가 내 몸 깊숙이 자신의 몸을 밀어 넣었다.

"으, 아……!"

목소리도 나오지 않는다.

나는 손으로 벽을 긁으며, 몸의 가장 깊은 곳에 나기가 뜨겁게 흩뿌린 기쁨에 흠칫흠칫 경련하며,

―가버렸다.

"……하아, 으, 하……."

잠시간 끌어안긴 채로 있다가, 천천히 나기의 손에 의해 다리를 내리고 벽에 매달려 섰다.

"……침대, 갈까."

스르륵 젖은 육봉을 내 몸에서 뺀 나기에게 재촉당해, 나는 작게 고개를 끄덕였다.

지금이 몇 시인지도 모르겠다.

―앞으로 몇 시간, 나기와 함께 있을 수 있는지조차도.

다음 날 아침,

눈을 떴을 때 나기의 모습은 사라져 있었다.

커다란 수트케이스와 함께.

주인을 잃어버린 방에서 혼자서 눈을 뜬 나는 어쩐지 가슴에 구멍이 뻥 뚫린 것 같아서…….

"……?"

거실에 나가자 테이블 위에 편지가 놓여 있었다.

『두 달간 마음대로 사용해도 돼. 다만, 남자는 끌어들이지 말도록.』

갈겨 쓴 편지에는 카드키가 같이 놓여 있었다.

"왜 남자야……."

여자를 끌어들이는 건 괜찮다는 건가?

나는 편지 속의 나기에게 이~ 하고 이빨을 세운 뒤, 카드키를 움켜쥐었다.

*　　　*　　　*

"매니저, 이거……."

"응, 다음 일. 내일 열 시부터 얼굴 볼 겸 회의야."

나기가 독일로 떠난 오후.

그가 떠난 방에서 쓸쓸함을 느끼고 있기에도 슬퍼서, 일찌감치 회사로 나왔다.

오후, 기획사에서 매니저는 나에게 대본 하나를 주었다.

다음 일이 정해졌다더니 벌써 대본이 나온 모양이다… 라고 생각하며 받았더니, 거기에는 주연으로 내 이름이 적혀 있었다.

시청률 낮은 시간대의 심야드라마지만, 주연이라니?

놀랄 사이도 없이, 그 옆에 적힌 또 하나의 이름이 있었다.

주연이 또 한 명 더.

모델 출신의 젊은 배우, 무츠키 세이.

쓱 대본을 본 바로는 연애드라마인 것 같다.

나와 무츠키 세이라는 사람의.

—즉, 남자끼리의 연애 드라마.

"……호모 역?"

굳이 입 밖으로 말을 꺼내 물으면서, 나는 위화감을 느꼈다.

"최근, 그런 거 유행하고 있잖아. 봐봐, 리쿠도 나기랑 사이좋은 게 그런 식으로 소문이 나기도 하고."

"!"

그랬다.

나와 나기. 그런 짓을 하고 있다고 하는 것은,

—사실은 그런 의미가 되는 건가?

나는 대본으로 다시 얼굴을 돌리고 고민에 빠져들었다.

어젯밤도, 나기 집의 침대에서도 몇 번이고 가버렸고, 입으로도 나기의 것을…….

타액으로 온몸이, 입안까지 끈적끈적하게 되면서, 숨 쉬는 것도 답답해질 정도로 키스를 했다.

……라는 건, 그러니까…… 어라?

"데뷔 두 번째 작품에서 주역이라니, 대단한 거라고! 힘내, 리쿠!"

나는 매니저의 응원에 애매하게 끄덕였다.

이제까지 나기와 나의 관계에 대해서 확실하게 생각해 본 적은 없었다.

발단부터 말하자면, 내가 프로듀서에게 베갯머리 영업—몸 로비를 요구받았다고 착각한 탓에, 나기에게 '첫 경험'을 부탁한 것처럼 된 것이었다.

그 후로 어쩐지 모르게 그 관계가 계속되고 있는 건데.

내게 있어서 나기는 동경의 연예인이었다.

그렇다면,

나기에게 있어— 나는?

"또 하고 싶으면, 해도 돼!"

—그런 말을 했으니까, 계속되고 있는 거라고 생각했다.

하지만 잘 생각해 보면, 나기가 여자가 부족할 리가 없지 않은가?

나라고 딱히 나기를 그런 의미로 좋아했던 것도—

"……!"

타이밍이 좋은 건지 나쁜 건지, 나기가 보낸 문자의 착신음에 내 심장 소리는 더더욱 상승되었다.

문자를 확인하자, 공항의 아침노을이 찍힌 사진이 첨부되어 있었다.

문자에 쓰여진 말은,

『도착함』

세 글자뿐.

어젯밤은 거의 잠을 안 잤을 테니까, 아마 비행기 안에서 잤겠지.

아침에 일어나는 게 영 힘든 모양이다.

어쩌면 나를 하룻밤 내내 안고 있던 것도, 시차 대책의 일환이었을지도 모른다.

…하지만 약속대로 문자를 보내줬다.

나는 뭔가 쑥스러워져서 '수고'라고만 답장했다.

보낸 다음에, 이렇게 재미없게 답장을 보내 버리면 나기가 다시는 문자를 보내오지 않을지도 모른다고 생각했지만,

—그날 밤에는 전화가 왔다.

『지금 어디?』

전화를 받자마자 첫마디가 이거.

"어디냐니, 집이지. 나기는? 지금 어디?"

『지금? 독일.』

나기의 웃음 섞인 목소리가 귓가에 울린다.

『집이면, 네 집? 카드키 놓고 갔잖아?』

"응. ……하지만, 너무 눌러붙어 있는 것도 미안하지 싶어서."

딱히…… 애인도 아닌데, 뭔가, 동거하는 것 같잖아.

그렇게 말해 버릴 뻔한 것을 꿀꺽 삼켰다.

『뭘 사양하고 있어. 리쿠답지 않게.』

나기의 목소리 너머에는 시끌시끌한 기색이 들렸다.

이게 독일에서부터 전달되는 목소리라니, 믿을 수 없을 정도다.

"지금 촬영 중?"

『응, 지금부터 세트. 리쿠는 벌써 잘 시간인가. 아침은?』

나는 내 방의 침대에서 굴러다니며, 휴대폰을 귀에 힘주어 눌러 대고 눈꺼풀을 감았다.

눈을 감고 있으면, 나기가 곁에 있는 것 같이 느껴진다.

"내일은 열 시부터 새로운 드라마 첫 대면."

말하면서 나는 약간 긴장했다.

나기에게 『새 드라마는 어떤 거?』 하고 질문 받으면 대답하기 힘들 거다. 왠지 모르게.

『그래, 그럼 슬슬 자야겠네. 리쿠는 다크서클 잘 생기니까.』

하지만 나기는 묻지 않았다.

한숨 놓은 반면, 어쩐지 나기는 내 일에 대해서는 관심이 없는 건가 하는 생각도 들었다.

"그럼, 잘게. 안녕."

나기에게는 어떤 책임도 없는데, 나는 조금 울컥해서 정나미없이 전화를 끊어버렸다.

이불을 머리끝까지 뒤집어썼다.

자신이 끊어버린 주제에, 휴대폰의 정적이 묘하게 열 받는 기분이다.

어제의 지금 이 시간 쯤에는, 아직 뒤풀이가 한창일 때라 나기와 함께였다.

나기와 떨어진 지 아직 24시간도 지나지 않았다.

2개월이면, 60일이나 되는데.

나기는 아무렇지도 않은 걸까.

나는 이불 속에서 몸을 동그랗게 말고, 휴대폰을 쥔 채 억지로 잠을 청했다.

*　　　*　　　*

다음 날.

도쿄 시내의 스튜디오에서 나는 얼음이 되어 있었다.

어제 대본을 봤을 때는 드라마 내용에만 신경을 써서 눈치 채지 못했는데,

―이번에도 바로 그 귀신같은 감독이었다.

"자, 잘 부탁드립니다……."

『러브신』의 촬영에서 몇 번이고 호통에 무너졌던 기억은 아직도 생생하다.

그래도 예의를 차려 감독에게 가 인사를 했다. 새로운 일이니 첫 인상이 중요하니까.

하지만 다리가 풀린 나를 감독은 한 번 흘낏 보았을 뿐이었다.

무시냐!

……고 마음속으로 슬쩍 항의하는 것이 기껏해야 다였다.

"아, 릭군이다."

완전히 얼어버린 표정으로 굳은 채 선 내 등을 따뜻한 목소리가 두드렸다.

릭군?

돌아보자, 장신의 남자가 나를 내려다보고 있었다.

밝은 머리색, 서글서글한 눈에, 커다란 입, 긴 팔다리.

"처음 뵙겠습니다, 무츠키 세이(睦月成)입니다. 잘 부탁해, 릭군."

커다란 손바닥을 내밀며 세이가 웃었다.

"우와, 릭군이다! 실물 릭군. 드라마 봤어, 『러브신』. 릭군, 완전 좋은 역이었어, 대박 울었다니까! 왜 다들 케이를 안 좋아하는 거야! 이런 생각 했는데—"

일방적으로 말하기 시작한 무츠키 세이에게 압도당해 나는 눈을 깜빡였다.

분명 처음 보는 건데도 마치 지금까지 친구로 지냈다는 듯이 자연스레 말을 걸어오는 기세가 엄청나다.

"저기, 릭군…… 이라니. 그거 설마 내 얘기?"

골든 리트리버 같은 순진한 얼굴을 올려다보며 조마조마하게 입을 떼자, 무츠키 세이는 커다랗게 고개를 끄덕였다.

"릭군이라고 부르면 안 돼? 그럼 뭐라고 부르면 돼?"

무츠키 세이가 내민 손을 내가 언제까지고 잡아주지 않고 있자, 무츠키 세이는 두 손으로 억지로 내 손을 끌어와 겹쳤다.

"'리쿠'?"

무츠키 세이의 커다란 덩치가 방의 조명을 가리면서, 내 얼굴에 그림자가 내려왔다.

두 눈을 가늘게 뜬 무츠키 세이가 쏘아보는 것 같은 시선을 보내고 있다.

그 시선에 담긴 것은 분명 호의였으나, 오히려 그래서 더욱 수컷의 냄새가 났다.

그런 눈으로 주시를 받고 있으니, 나는 무의식중에 숨 쉬는 것도 잊고 마른침을 삼켰다..

"……라고 불러도 되면, 그러는 거고!"

다음 순간에, 무츠키 세이는 문제없다는 표정으로 해맑게 웃었다.

……기분 탓인가?

"하, 하하…… 하……. 뭐어, 좋으실, 대로."

"나는 세이라고 불러줘!"

회사에서 미리 제공받은 프로필상으로는 나보다 한 살 연하인 것 같은데, 뭐랄까,

……애 같은 녀석이다.

하지만 그 분위기에 휩싸이고 보니, 나기가 없는 새로운 현장에서 긴장하고 있던 마음이 많이 풀려 있었다.

정신을 차리고 보니 나도 세이를 따라 웃고 있었다.

"근데, 아파."

있는 힘껏 움켜쥐어진 채 위아래로 흔들리고 있던 손을 뿌리치려고 하자, 세이는 긴 팔을 크게 벌려서―

나를 덥석, 하고 끌어안았다.

"으! 잠⋯⋯!"

반사적으로 흔들어 떼어버리려 했으나, 세이는 기분 좋은 듯 새된 목소리를 내고 있었다.

⋯⋯장난치고 있을 뿐인 건가?

"노, 놀랐잖아⋯⋯."

내가 지쳐서 탈진하고 있는 중에, 스튜디오에는 다른 스태프들이 하나둘 도착했다.

"안녕하십니까!"

마치 곰인형같이 나를 등 뒤에서 끌어안은 세이는, 스태프들에게 붙임성 좋게 인사를 했다.

"어라라, 사이좋네."

분명히 세이는 평소에도 이런 모양이었다.

나를 끌어안은 세이의 모습을 봐도 스태프들은 전혀 놀라거나 하지 않는 눈치였다.

그것뿐인가.

세이는 내 귓가에 대고, 안면이 있는 스태프의 이름을 알려주었다.

"방금 사람은 메이크업 담당. 내가 고등학생 때부터 담당해 주고 있어."

그런가. 세이도 열여섯 살 때부터 모델 일을 시작한, 그러고 보니 선배인 거구나.

등 뒤의 세이를 힐끔 훔쳐보다가 엄청 가까운 거리에서 눈이 마주치고 말았다.

"응?"

"!"

생각지도 않게, 심장 소리가 커져 버렸다.

그러고 보니, 아무리 커다란 강아지가 까불고 있는 거랑 비슷하다고 생각해도, 남자가 남자에게 이렇게 끈적끈적하게 붙어 있는 건 이상하잖아!

"너, 이제 적당히 좀 떨어지라고."

세이의 몸을 밀어버리려고 했지만, 세이는 도리어 팔에 힘을 꾹 주었다.

"잉— 시러어."

심지어 내 목덜미에 뺨을 부비부비 비벼대기까지 했다.

부드러운 머리카락이 피부에 닿자,

……간지러워!

"어차피 우리 애인 관계 역할이잖아?"

바르작거리는 나를 바로 곁에서 지켜보고 있는 세이에게 그런 말을 듣고, 나는 머리보다 빨리 몸이 굳었다.

"원작만화, 읽었어?"

눈꼬리가 처진 세이의 눈에 주시받으며 나는 입을 다물고 고개를 저었다.

대본을 받은 다음에야 알았는데, 원래 이 드라마는 꽤 유명한 만화를 원작으로 만들어졌다고 한다.

조금은 대중적이지 않은 만화였지만, 그 작품성 때문에 꽤 화제가 되고 있는 모양이었다.

"아직 대본에는 안 나와 있는데, 우리 섹스도 해. 나랑 리쿠, 남자끼리."

"!"

순간,

나기의 얼굴이 머릿속에 스쳤다.

이건 드라마의 얘기고, 딱히 내가 진짜로 세이와 무언가를 할 리도 없지만,

나기는 내가 키스신을 찍은 것만으로도―

무의식적으로 입술을 핥았다.

그것을 세이의 시선이 내려다보았다.

또 그 눈이다.

좀 전에도 보았던, 묘하게 야성적이어서 빨려 들어갈 것 같은 눈빛.

그리고 그대로, 자연스럽게 세이의 얼굴이 다가와서—

"전원 다 모였나."

"!!!"

감독의 목소리가 방에 울린 순간, 나는 세이를 냅다 밀쳐 버리고 떨어졌다.

"어—"

얼빠진 소리를 낸 세이가 비틀비틀 뒤로 물러서다가 바닥에 엉덩방아를 찧었다.

"미, 으…… 미안……!"

당황해서 세이에게 손을 내밀며, 나는 방에 모인 스태프들의 눈을 의식했다.

스태프들이 모두 이쪽을 보고 있었다.

드, 들켰다……!

아니, 대체 왜 키스할 것처럼 굴었던 거야……!

온몸에서 땀이 쏟아졌다.

남자랑 키스라니, 이상하잖아?!

이것도 저것도 요것도 조것도,

—전부 나기 탓이다!

*　　　*　　　*

『지금 어디?』

23시 15분.

독일에서, 나기에게서 국제전화가 걸려왔다.

"내 집."

벨소리가 채 두 번 울리기도 전에 재빨리 휴대폰으로 날아가 통화 버튼을 눌러 버렸지만, 솔직히 좀 껄끄러웠다.

어제 그런 식으로 끊어버리기도 했고, 또 낮에…….

『내 집에서 자고 가도 된다고 말했잖아?』

하지만, 나기의 상태는 딱히 변함없어 보였다.

어젯밤, 내가 울컥했던 걸 눈치채지 못하고 있는 걸 수도 있다.

『오늘, 스튜디오 갔었지? 내일은? 일찍 안 나가도 되나?』

기껏해야 롯본기 근처의 가게에서 마시고 있는 나기와 통화하고 있는 듯한 느낌이었지만, 사실은 구천 킬로미터도 더 떨어져 있고, 시차도 여덟 시간이나 난다.

새삼 그런 생각이 들자 괜시리 맘이 애틋해졌다.

"나기, 지금 거긴 몇 시?"

『지금? 오후 세 시 조금 지났어.』

"촬영 중 아니야?"

『촬영 중이야. 하지만, 전화 걸 시간 정도는 있어.』

나기가 웃었다.

나기가 지금 어떤 현장에서 어떤 촬영을 하고 있는지는 모르지만, 나와 통화하고 있는 나기가 어떤 표정으로 웃고 있는

지는 알 수 있다.

일본의 모든 카미시로 나기 팬이 알고 있는, 그 어떤 나기와도 다른,

나기의 진짜 얼굴.

『리쿠는 아직 안 자?』

"뭐야, 빨리 자줬으면 좋겠어?"

아직은 잘 예정이 없다.

평소라면 이미 잠들 준비를 했겠지만, 오늘은 매니저에게 사다 달라고 부탁해서 받은 드라마 원작 만화를 읽으려고 하던 차였다.

드라마 원작이 있다면 캐릭터 연구를 위해서 참고해야 할 테니까.

하지만, 나는 휴대폰을 귀에 댄 채 침대 위를 구르며 눈을 감았다.

"……딱히, 나기도 촬영할 때 됐으면 전화 끊어도 돼. 나도 졸리면 잘 거야."

말하면서, 나는 시트 위의 손을 슬그머니 쥐었다.

—아냐.

이런 말을 하고 싶은 게 아니야.

잘 말할 수가 없지만, 뭔가 가슴속이 갑갑하다.

나는 아랫입술을 물며, 입을 꾹 다물었다.

그대로 침묵하고 있으면, 나기는 내가 잠들었다고 생각하

고 전화를 끊어버릴지도 모르는데.

애가 타면서도, 함부로 입을 잘못 놀리면 또 형편없는 말을 해버릴 것 같았다.

『리쿠.』

나기의 낮은 목소리에 긴장했다.

그럼 끊는다.

─이런 말을 들을 것 같아서.

그러나 나기가 꺼낸 말은 도리어 황당한 말이었다.

『잠깐 지금부터, 독일까지 와주지 않을래?』

"……하?"

한 박자 느리게 눈을 뜬 내 눈앞의 세상은 뭘 어쩔 수도 없는 일본.

도쿄 외곽에 있는 내 집, 좁은 내 방.

독일까지 몇 시간이 걸리는지도 모르고, 내일부터 촬영도 있고.

그런데, 뭐라고?

"……못 가."

침대에 얼굴을 파묻는다.

금방 젖어버린 내 목소리는, 내 목소리라고는 생각할 수 없을 만큼 울 것 같이 떨리고 있어서─

깨달았다.

아아, 나는,

나기를 보고 싶었던 거였다.

보고 싶어, 라고, 그렇게 말하고 싶어서 삐쳐 있었던 거였나.

『그렇지, 역시. 바로 얼마 전까지 계속 같이 있었으니까, 리쿠가 옆에 없는 게 이상한 기분이 들어.』

한번 자각해 버리자, 나기의 목소리를 듣는 것만으로도 가슴이 조여오는 것 같아 괴로웠다.

왜 보러 가지 못하는 걸까 생각하면, 슬퍼져 왔다.

심술궂게 희롱당할 뿐이어도 좋으니까, 나기를 보고 싶다.

그때,

『리쿠, 보고 싶어.』

"……읏!"

나기의 거칠어진 목소리에 가슴을 관통당해, 나는 숨을 들이켰다.

뭔가 대답하지 않으면 안 될 텐데, 말이 나오지를 않았다.

눈앞에 나기가 있었다면, 얼마든지 전할 수 있었을 텐데.

표정이든, 행동이든.

나기의 가슴에 뛰어들어 내가 먼저 키스해 버릴 수도 있었을 텐데.

그 모양 좋은 입술에—

"윽."

나기의 촉촉하게 젖은 입술을 생각해 내자, 내 심장 소리가 또 빨라지기 시작했다.

나기의 빨갛고 얇은 입술과 그곳에서 들여다보이는 요염한 혀.

『리쿠? 잠들었어?』

"마, 만나서 어쩔 건데."

당황해서, 또 애교 없는 말을 해버리고 말았다.

『어쩔 거라니?』

놀란 듯한 나기의 목소리.

"만나서, ……뭐, 할 건데."

심장이 아플 정도로 빨리 뛰고 있었다.

목소리도 형편없을 정도로 흔들렸다.

『뭐라니, ……리쿠는? 지금 나랑 만난다면, 뭘 하고 싶어?』

나기는 지금 내 상태를 알아채고 웃고 있었다.

"벼, 웃…… 별로, 나는 만나고 싶다든가 말한 적 없는데? 나기가 보고 싶다고 말한 거잖아."

말을 쥐어 짜내듯 허세를 섞어 말하자, 나기는 '확실히' 라고 말하며, 또 웃음을 터뜨렸다.

『그렇네, 지금 리쿠가 만나러 와준다면, 머리카락을 쓰다듬고, 이쪽으로 와, 하고 끌어안고.』

나기의 낮은 캔디보이스를 귀에 댄 채 눈을 감자 나기의 행동이 쉽게 떠올랐다.

　내 머리카락을 쓰다듬는 손바닥의 감촉도,

　저항하려고 한다면 얼마든지 할 수 있을 정도로 부드러운 팔의 힘도,

　얼굴을 묻은 나기의 품에서 나는 향기도,

　체온도, 심장 소리도, 숨소리도.

『그러고 나서, 정수리 끝부터 이마랑, 코끝에도 키스하고.』

"……으"

부르르 등줄기를 떨며, 나는 흐느끼는 숨을 내쉬었다.

나기의 입술 감촉이 생생하게 떠올랐다.

『입술에도?』

나기의 목소리에 나는 작게 고개를 끄덕였다.

고개를 끄덕이고 나서 이건 전화지, 하고 깨달았지만—

『뭐, 대답 듣기 전에 해버릴 거지만.』

　다음 순간,

　휴대폰으로부터 나기의 입 맞추는 소리가 들린 것 같은 기분이 들었다.

　나는 침대 위에서 몸을 둥글 말고, 팔로 몸을 꾸욱 끌어안았다.

　나기에게 꽉 끌어안겼다고 생각할 수 있도록.

　나는 얕아진 호흡을 숨기기 위해 입술을 물면서, 배로 끌어모으기 위해 접어 만 무릎 사이에 손을 넣고, 스스로 뜨거

워진 고간을 더듬었다.

『리쿠의 입술을 커다랗게 벌리고, 혀를 질척질척하게 얽어서—』

나기의 목소리도 열기를 띤 채 젖어 들어갔다.

『등줄기를 어루만지고, 허리—거기부터 엉덩이 사이를 세게 문지르듯 하면, 리쿠는 이미 참을 수 없어서 신음하겠지.』

"후, 으…… 읏……, 바보, 그런, 거……."

다리 사이가 뜨겁게 맥박쳐, 나기에게 만져지기를 원하고 있다.

나는 침대 위에서 허리를 흔들며, 거친 숨을 숨길 수 없게 되었다.

『그럼, 앞쪽이 좋아? 벌써 거기서 또르르 물이 나와 젖고 있는 거 아니야?』

나기의 목소리에 맞춰 속옷 속의 육봉을 만지며, 나는 등줄기에 전류라도 흐르고 있는 것처럼 움찔움찔 온몸을 떨며 몸을 젖혔다.

"아, 읏…… 아, 아앗."

나기가 말하는 것처럼, 속옷 속에서는 이미 쿠퍼액이 흐르고 있었다.

『리쿠.』

휴대폰을 귓가에 밀착시킬수록 나기의 목소리가 가깝게

느껴졌다.

『좀 더 스스로 만져서 목소리 들려줘.』

나기의 애절한 목소리에, 나는 열심히 고개를 끄덕이고 있었다―

제9화

하게 해줘

"나, 기……. 나기, 촬영 중…… 아니, 야?"

휴대폰에 귀를 바싹 댄 채 육봉을 훑기 시작하자, 멈출 수 없어져 버렸다.

『괜찮아, 주변에 스태프 없으니까.』

한껏 낮춘 나기의 목소리에 젖은 한숨이 교차했다.

나는 그것만으로도 숨이 가빠와 뚝뚝 음란한 물기를 점점이 떨어뜨리고 있는 남근의 윗부분을 정신없이 문질렀다.

나기의 섬세하고 늘씬한, 가늘고 긴 손가락의 감촉이 또렷이 떠올랐다.

"아… 으, 후웃, 나기, 응, ……나기."

이름을 말하는 것 이외에는 아무 말도 할 수 없었다.

아무것도 떠오르지 않았다.

나기의 숨결이 정말로 전화기에서 들려오고 있는 것인지,

아니면 단지 선명하게 떠올려버린 것에 불과한 것인지조차 알 수 없었다.

『리쿠, 기분 좋아?』

뇌 속까지 흠칫흠칫 떨릴 것 같은 목소리가 속삭여 오자, 나는 하체를 커다랗게 움찔거릴 수밖에 없었다.

"으, 우… 응, 우웃! 아, 아앗…… 나기이, 더, 더어……!"

속옷 속으로 손을 깊숙이 찔러 넣는다.

『더 만져 주길 바래?』

짓궂게 놀리는 듯 말하는, 나기의 목소리.

나는 입술을 물며 고개를 끄덕이면서, 음낭의 깊숙한 곳, 나기에게 사랑받았던 구멍보다 조금 앞쪽의 얇은 피부를 손가락 안쪽으로 문질렀다.

"아, 으……!"

움찔, 크게 경련한 나는 쿠퍼액이 주르륵 대량 흘러나온 것을 느꼈다.

무심결에 놓친 휴대폰을 끌어왔다.

휴대폰을 귀 아래에 깔 듯이 해서 고정시키고, 양손을 하반신으로 뻗었다.

『엄청 야한 목소리네.』

나기가 웃고 있었다.

그것마저도 내 살갗에 입술을 댄 채로 웃고 있는 듯한, 그런 느낌이 들었다.

웃음소리마저도,

애무인 것 마냥.

"읏, 나기, 기분 좋, 아…… 앗,"

나는 잘게 떠는 목소리로 교성을 지르며 한손으로 육봉을 문지르고, 또 다른 한손으로는 구멍 바로 앞부분의 살을 만지작댔다.

선단에서 끊이지도 않고 액체가 흘러넘쳤다.

뒷부분도, 나기를 원하며 움찔거리고 있었다.

『그렇게 금방이라도 가버릴 것 같은 목소리나 내고…….
지금 집이지? 가족한테 들릴지도 모른다?』

"읏!"

숨을 멈추고, 반사적으로 손의 움직임을 멈췄다.

하지만,

참을 수, 없었다.

"나, 나기……!"

목소리를 죽이고, 슬금슬금 손을 움직이기 시작하자,

그것을 꿰뚫어본 양 나기가 웃는 기척이 났다.

『가족은 가까이 있어?』

얇은 벽 하나를 세워둔 옆방에는 형이 있다.

조용하지만, 아직 일어나 있을 거다.

『가족한테 숨겨가며, 남자와 폰섹스라.』

"······웃!"

화악 얼굴이 달아올랐다.

하지만 나기의 목소리를 들으면서 열심히 내 하체를 만져 대고 있는 터라,

아무 말도 돌려줄 수 없었다.

『리쿠.』

나기는 나를 놀리듯 부드러운··· 아니, 숨이 멎을 정도로 묘한 목소리로, 나를 유혹했다.

『자, 젖꼭지도 한번 만져 봐. 너, 젖꼭지 꾹꾹 비틀리면서 거기 괴롭힘 당하는 거 엄청 좋아하잖아?』

"바······! 그, 런."

말을 하면서도, 나는 젖은 손을 슬슬 가슴으로 올렸다.

"응, 으······ 아, 앗······!"

만지기 전부터 딱딱하게 일어서 있던 젖꼭지를 만지며, 나는 침대 위에서 몸을 비틀었다.

『어떤 기분이지? 리쿠, 가족들한테는 들리지 않게, 비밀로 나한테만 말해 봐.』

나기가 하는 것처럼 유두를 꼬집으며 육봉을 흔들자, 온몸 이 멈추지 않고 떨려와 몸속 깊은 곳부터 안달이 났다.

애가 탄다.

"아, 아…… 으응, 하…… 웃, 아앗……나, 기…… 이잇, 넣, 어줘, 원…… 웃, 나기의 것, 원, ……원해……!"

나는 휴대폰에 늘어 붙어 간청했다.

한번 말문이 터지자, 멈출 수가 없었다.

"나기이……. 젖, 젖꼭지…… 하면서, 뒤에서 넣어줘, 으……. 가득, 뿌리까지 꿰뚫어줘……. 귀, 핥아줘."

나는 열에 들뜬 것처럼 숨을 가쁘게 내쉬면서, 나기의 육봉 대신에 내 손가락을 뒤로 돌려 구멍을 에둘렀다.

『아아, 나도 리쿠의 허리를 난폭하게 붙잡고, 리쿠의 기분 좋은 곳을 안쪽부터 꾸욱꾸욱 봐주는 것 없이 괴롭혀 주고 싶어.』

나기의 아련한 목소리에 범해져서, 나는 하복부 안쪽에 있는 응어리에 손을 댔다.

"히, 으아……!"

새된 교성을 지르고, 당황해서 입을 막았다.

하지만, 손가락은 멈출 수 없었다.

스스로 생각해도 놀랄 정도로 주저없이, 손가락을 두 개나 부드러운 살덩이 속으로 찔러 넣고, 정신없이 그곳을 문질러대고 있다.

허리를 흔들면서

침대에 네 발로 엎드린 채로.

『리쿠, 기분 좋은 곳 만지고 있어? 야하네.』

"으하…… 아, 앗…… 멈출, 수, ……아웃, 멈출 수가 없어…… 으응!"

『괜찮아, 계속해. 자기 손을, 나라고 생각하고. 나에게 당하고 있다고 생각하고, 음란하게 기뻐해도 좋아.』

흐느끼는 듯한 내 목소리에, 나기의 낮은 목소리가 속삭여 왔다.

"응…… 으응…… 하웃!!"

나는 시트를 물어 소리를 죽이면서, 나기가 그러고 있다고 상상하며 가슴과 뒷구멍을 동시에 자극했다.

하지만, 모자랐다.

더 깊은 곳까지, 나기를 원했다.

어쩔 수 없다는 건 알고 있지만,

침대에 점점이 떨어지는 애액의 얼룩이 커지면 커질수록, 초조함도 격해졌다.

"응, 아…… 앗, 갈 것,……나기, 나, 갈 것 같…… 웃, 가… 앗…… 웃!"

온몸을 굳히고 경련하며 사정해도,

그 부족함은 채울 수 없었다.

외로워.

목소리만으로는 부족해……

『리쿠, 굿나잇.』

아무리 나기의 체온을 떠올릴 수 있다고 해도, 나기는 실제로는 내 옆에 없다.

언제나라면 섹스한 뒤에 천천히 잠들 수 있었는데.

전화가 끊어지는 소리는 너무나도 갑작스러웠다.

＊　　　＊　　　＊

다음 날의 촬영은 기분마저 저조했지만, 전날 '시원하게' 해 둔 덕분에 몸의 상태는 나쁘지 않았다.

"리쿠, 굿모닝."

어젯밤 '더러워진' 손을 무심결에 뚫어져라 바라보고 있던 나에게, 세이가 말을 걸어 왔다.

"구, ……굿모닝."

나는 당황해서 손을 숨기고 어색하게 웃었다.

『러브신』의 현장은 나기를 비롯해 베테랑 연기자들이 많았기 때문에, 세이같이 또래 분위기로 가볍게 대할 수 있는 상대가 없었다.

"원작, 읽었어?"

메이크업을 하기 위해 앞머리를 올리며, 세이가 거울 너머로 내 얼굴을 훔쳐보았다.

"아."

어젯밤은 그대로 잠들어 버렸다.

촬영 전에 읽어 둘 생각이었는데, 예상외의 사건 때문에 그대로 까먹은 탓이다.

내가 어깨를 축 늘어뜨리자, 그 모습을 본 세이가 웃었다.

"뭐야, 오늘은 원작 얘기를 할 수 있으려나 해서 잔뜩 기대하고 있었는데."

"미안."

내가 사과하자, 세이가 고개를 저었다.

"뭐, 됐어. 어젠 뭐했어?"

"……어?"

무심결에 굳어버리고 말았다.

딱히 특별한 걸 물어본 것도 아닌데.

―나기의 젖은 목소리가,

아직 귓가에 남아 있다.

"어, 그러니까…… 집에 돌아가서……."

"아, 리쿠는 부모님이랑 같이 살지? 좀 멀구나."

"그래그래그래! 그래서 집에 도착하니 좀 늦은 시간이어서! 그 뒤엔 친구…… 하고 전화했었어."

왠지 목이 메었다.

'친구'?

나기는 기획사의 선배니까 전화 통화를 한다고 해서 이상할 건 없다.

숨길 필요도 없었는데.

하지만, '친구' 하고도 '선배' 하고도,

보통은 그런 일은 하지 않아.

내 상념을 깨부수듯 세이가 말했다.

"나도 리쿠랑 전화하고 싶다."

"......!"

생각지도 않게 두근 해버렸다.

하지만 동료라든가, 친구랑 전화하는 건 보통 일이다.

어젯밤 나기와의 통화가 '보통'이 아니었던 것일 뿐.

"번호 교환하자."

세이가 거울 앞을 떠나 다가왔다.

세이에게 이끌려, 나도 휴대폰을 내밀었다.

어제 체액에 젖었던 손으로 쥐고 있었던 탓일까,

어쩐지 냄새가 남아 있는 것 같은 기분이 든다…….

"근데, 어차피 촬영장에서 만나잖아."

"어, 냉정하다. 내일 같이 로케네, 라든가 문자하고 싶잖아."

"나랑 세이, 대체로 같이 있는 신밖에 없지 않아?"

내가 웃자, 세이도 '그렇네' 하고 대답하며 웃었다.

세이가 웃자, 그 숨결이 피부에 닿았다.

……기분 탓인가. 너무 가까운 거 아냐?

연락처 정보 수신 완료 화면을 확인하고 내가 시선을 들자, 세이가 나를 보고 있었다.

"세……."

"리쿠 말야, 정말 귀여운 얼굴이네."

세이의 손끝이, 내 뺨을 덧그렸다.

무심결에 뒤로 물러서려 했지만 금방 벽에 등이 부딪쳐 버렸다.

"세이, 가까워, 가까워. 너 정말 사람이 거리감 없구나."

일부러 호들갑스럽게 황당하다는 듯 말하며 세이의 몸을 밀어서 뚝 떼놓으려 하는데,

그 손을 붙잡혀 버렸다.

가슴을 힘주어 밀었다. 하지만 세이의 힘은 생각했던 것보다도 훨씬 셌다.

"저기."

세이의 얼굴이 가까이 다가왔다.

나는 목소리를 내는 것도 잊어버리고 마른침을 삼켰다.

"남자랑 해본 적, 있어?"

"!!"

눈을 크게 떴다.

"나, 널 보고 있으면 기분이 이상해져 버려. 네, 이 예쁘장

한 얼굴을 엉망진창으로 울려 버리고 싶어, 네가 아직 아무에게도 보여준 적 없는 표정을 시켜보고 싶어. ……아니."

뺨 위를 덧그린 세이의 손가락 끝이 내 턱끝까지 내려와

—멈췄다.

"……"

긴장하며 세이의 얼굴을 올려다보자, 그대로 턱을 끌어 올렸다.

"저기, 하게 해줘."

세이의 입술이 가까워졌다.

—키스당한다!

나는 있는 힘껏 눈을 감았다.

…

……

…………?

어, 침묵이 길다……?

다음 순간,

"—라는 대사가 나온다구! 엄청나지 않아?"

엥?

살금살금 눈을 뜨자 세이가 순진한 얼굴로 웃고 있었다.

턱을 끌어올린 손도, 이미 떨어져 있었다.

"아, 리쿠는 아직 원작 안 읽었으니까 모르려나! 놀랐어? 미안미안."

할 말을 잃고 멍하니 있자니, 세이는 소리 높여 웃으며 어제처럼 덥석 덤비듯 나를 끌어안았다.

"아니, 미안하다고 할 게 아니라……."

힘없이 짜증스러운 말을 내뱉으면서도, 한순간 긴장이 풀린 반동으로 세이에게 기대 버리고 말았다.

세이는 커다란 손바닥으로 내 등을 두드리며, 달래는 건지 즐거워하고 있는 건지 알 수가 없었다.

뭐어, 만에 하나 나기와의 일을 들켰다고 해도 세이가 그런 일을 말할 리가 없겠지.

골든리트리버 같은 친근한 표정으로 내 얼굴을 바라보는 세이를 보자니, 어쩐지 나도 웃음이 터져 버렸다.

*   *   *

드라마 오프닝 이차 촬영은 오후 여덟 시나 되어서야 끝났다.

"수고하셨습니다!"

스태프들에게 인사를 하고, 매니저와도 헤어져서 집으로 향했다.

순간 나기의 맨션에서 자고 갈까 하는 생각도 했지만, 맘이 흐트러지기 전에 상념을 끊었다.

오늘은 어제 못한 일을 해야지.

난 원작 만화를 읽기 위해 집으로 돌아갔다.

또 나기에게 '지금 어디?'라는 질문을 받겠지만, 일은 잊을 수가 없다.

원작인 순정만화는 총 다섯 권.

귀여워서 반짝거리는 그림체와는 반대로 내용은 상당히……

야했다.

무대는 전원 기숙사형 고등학교.

나와 세이는 동급생 역할로, 흥미도, 성격도 정반대인 두 사람이 차츰차츰 끌려간다는 내용으로—

……라니, 얼레?

나는 해피엔딩까지 다 읽고 나서 다시 한 번 표지를 봤다.

키 큰, 잘생긴 캐릭터가 세이 역할이고, 키 작고 조금 성격이 나쁜 것 같은 캐릭터가 내 역이다.

대본에도 그대로 나와 있었다.

……하지만.

나는 아무 권이나 하나 골라 촤라락 훑어봤다.

어디에도, 세이가 대기실에서 말했던 것 같은 대사는 없었다.

"소, 속았어?"

나는 한심해진 기분으로 웃음소리를 흘려봤지만,

"―하게 해줘."

세이의 박력 넘치는 저음의 목소리를 떠올리자 가슴이 술
렁였다.

제10화

베드신

"원작자 스즈키(鈴木) 선생님이 보내주신 간식입니다!"

내 첫 주연 드라마의 촬영이 시작됐다.

일찌감치 도착한 세이로부터의 문자에는, 심야 드라마는 월요일 아홉 시 드라마와 달리 분위기 널널하니까 즐겁게 합시다! 하고 쓰여 있었지만—

……자신없다.

그래도, 일단 주신 간식은 잘 먹어야…….

"카즈이, 오늘 촬영은 서두른다. 알고 있겠지?"

간식인 슈크림을 향해 다가가려는 내 등에 감독의 날카로운 한마디가 날아와 박혔다.

"네 자잘한 실수 때문에 놀고 있을 시간은 없단 소리다. 알 겠나?"

뻣뻣하게 되돌아보자, 『러브신』의 촬영에서도 신세를 졌던 감독이 나를 째려보고 있었다.

"네, 알고 있습니다."

"대사는 완벽한가?"

으……

그렇게 물어보면 맹렬하게 불안해질 수밖에 없잖아.

촬영 첫날은 대사가 자꾸 씹혀서 스태프에게 민폐를 끼쳤 었는데, 그래서 열심히 외운다고 외웠는데,

─하지만 세이가 여전히 초근접 거리에서… 그런…….

"내 것이 돼라."

대본에서도 원작에서도 읽었던 대사였기 때문에 각오는 하고 있었지만, 설마 세이가 그런 표정을 할 거라고는 생각지 도 못했다.

먹이를 사냥하는 듯한, 짐승의 눈동자─

스튜디오 안의 여자들이, 일제히 숨을 삼킨 것도 이해가 된다.

과연 세이는 주역을 맡을 정도의 기량은 있었던 거구나.

카메라 밖에 서 있을 때는─

"리쿠—! 이 슈크림, 엄청 대박 맛있어! 빨리 먹어!"

—그저 어린애인데.

슈크림을 하나 들고 꺅꺅대는 세이를 힐끔 쳐다보고는 알 게 모르게 한숨을 쉬었다.

그에 비하면 나는—?

"너 같은 건 단지 얼굴로 팔리고 있는 거니까, 알바같이 할 생각은 관두는 편이 좋을 거다."

감독은 침을 뱉듯이 말을 쏟아내고 가버렸다.

『러브신』 때 그래도 꽤 평가를 받았다고 생각했는데, 이번 촬영으로 점수가 상당히 깎인 모양이었다.

얼굴로 팔리고 있을 뿐…… 인 건가.

확실히 그럴지도 모르겠다.

나기의 동생 역할로 주목받은 덕분에 심야 드라마의 주역이라는 찬스를 얻긴 했지만, 사실상 주역은 세이겠지.

"리쿠?"

"!"

"슈크림, 사람들이 다 먹어버리기 전에 하나 가져왔어. 이거 리쿠 거."

덥석, 입술에 밀어붙여진 슈크림을 물고 나는 쓰게 웃었다.

세이가 걱정스레 쳐다보다 빙긋 웃음 지었다.

난 묵묵히 슈크림을 깨물었다.

"……달다."

크림이 단단히 가득 차 있는 슈크림은 바닐라 빈이 충분히 들어가 있는 것이 확실히 맛있었다.

"그야 그렇겠지. 슈크림이잖아."

파이프 의자를 끌어와 앉은 세이에게 재촉당해, 나도 엉덩이를 붙였다.

그러자 머리 위에 세이의 손바닥이 얹혀졌다.

"좀 기분이 가라앉을 때는 단 걸 먹으면 나아지기도 해."

"—그치만."

세이는 내 앞에 쭈그려 앉아, 머리를 쓰다듬으며 상냥하게 웃었다.

"잔뜩 가라앉았을 때에는 나한테 좀 기대."

나보다 연하라고는 생각할 수 없는 표정으로.

"세……."

"그때는 내가 꼬오옥 껴안아 줄 테니까!"

조금 감동했던 것도 찰나, 기세 좋게 끌어 안겨서 나는 파이프 의자째 넘어가 버릴 뻔했다.

"이 바보가!"

"의상 담당님—! 리쿠한테 크림 묻혀 버렸어—!"

나한테 내쫓긴 세이는 바보같이 목청을 돋우며 사라졌다.

……나기가 없는 현장이 쓸쓸하다고 생각했었는데,

그래도 세이가 있어줘서 다행이었다.

*　　　*　　　*

"신 24."

어두컴컴한 세트에 세이와 나 둘뿐.

카메라 렌즈가 빛나고, 빨간 램프에 불이 들어왔다.

"오케이, 스타트!"

메가폰이 요동쳤다.

"그거, 무슨 의미야?"

전의 신에서 연결되어, 세이는 생각 많은 표정을 띠우며 나를 벽 쪽으로 밀어붙이고 있다.

카메라는 세이의 등 뒤에서 내 표정만을 찍고 있는데도 세이의 연기는 완벽했다.

덕분에 나도 연기하기가 편했다.

"벼, 별로. 말 그대로야."

나는 벽에 등을 댄 채 얼굴을 돌렸다.

하지만, 카메라에게서 표정을 숨기면 안 된다.

그리고 그와 동시에, 세이의 눈을 쳐다보고 있을 수가 없는, 그런 연기다.

무엇보다, 세이의 표정은 정말로 진지하게 다가오고 있어서 실제로도 직시할 수가 없었다.

"너는 여자애들한테도 인기 많잖아? 나한테 관심이 가는 것도 단지 변덕일 게 뻔해."

솔직하지 못한 주인공의 대사.

나는 과장스럽게 토해내듯 말했다.

"비켜. 나는 네가 하는 농담에 어울려 줄 여유 같은 거 없으니까."

고개를 숙인 내가 세이를 밀어내고 그 장소를 뜨려고 하자, 손을, 붙잡혔다.

"뇌!"

돌아보며, 대사를 던졌다.

그 순간, 맘 속으로 하나의 장면이 떠올랐다.

어라?

이거, 그때와 비슷하다.

"저기, 하게 해줘."

대사는 다르지만, 세이가 나를 속였던 그 때, 그 상황이랑.

무심결에 연기를 잊었다가 흠칫 정신을 차렸다.

지금은 돌아서서 마주한 세이의 표정에 놀라는 신이다.

내가 세이의 얼굴을 올려다보며, 새로이 놀란 표정을 지으려 할 때—

"—!!"

가깝다, 라고 조차 할 만한 거리가 아니었다.

입술이.

입술에―

순간 카메라도 잊고 팔을 떠밀려 하자 몸 자체가 벽에 밀쳐졌다.

"……읏! 응, 우."

발버둥치려 해도, 세이의 강한 힘에 억눌려 움직일 수가 없었다.

카메라렌즈가 내 얼굴을 정면에서 잡고 있었다.

놀라고 있는 스태프들도 전부 이쪽을 보고―

"읏! 놔, 아!"

나는 혼신의 힘을 담아 세이를 밀쳐냈다.

입술을 손등으로 닦으며 재빠르게 뒤로 물러났다.

"컷!"

감독의 목소리가 울리자마자, 스튜디오 안이 웅성거리기 시작했다.

"무츠키, 오버했다."

"방금 저거 애드립이지?"

스태프들이 제각기 떠들기 시작했다.

나는 벽을 본 채, 스튜디오를 돌아보지 않았다.

"리쿠, 미안해."

"!"

세이가 말을 걸어와 무심결에 등을 크게 움찔거리고 말

앉다.

심장은 아직 거세게 고동치고 있었다.

"나, 배역에 엄청 몰입해 버리는 편이어서……. 미안, 기분 나빴어?"

등 뒤에서 얼굴을 훔쳐보려고 드는 세이의 입술이 젖어 있었다.

"아, 아아, 아니, 괜찮아."

나는 순식간에 만들어낸 웃음을 지었다.

키스신은 처음이 아니다.

그런데도, 어쩐지 마음을 찔린 듯한 느낌에 괴로워졌다.

목이 졸리는 기분이다.

"하지만, 남자들끼리 키스잖아. 기분 나쁘지 않아? 괜찮아?"

세이가 스태프로부터 나를 숨겨주려는 것처럼 내 앞을 막아섰다.

남자끼리 키스라—

보통은 기분 나쁘…… 겠지.

나기의 얼굴이 뇌리에 스쳤다.

보고 싶어.

하다못해, 목소리라도 듣고 싶어.

여배우와의 키스신도 아닌, 남자랑 키스신을 찍었다고 말하면, 나기는 어떤 얼굴을 할까.

그래도 그 목소리에, 그 목소리만 듣는다면 이 뛰는 심장도 금세 진정될 것 같은데.

"리쿠?"

눈앞에서 흔들리는 손을 보고 정신을 차렸다.

"아, ……세이는? 아무리 역이라고는 하지만, 남자랑 키스해 버려서 기분 나쁘지 않았어?"

팬들이 충격 먹을지도 모르겠다, 라고 내가 웃으며 말하자 세이는 두 눈을 가늘게 떴다.

"기분 나쁠 일 없어."

낮은 목소리.

생각 없이 세이의 얼굴을 올려다보자 또 세이의 손이 나를—

"체크 OK입니다!"

그때, 감독의 목소리가 울려 퍼졌다.

"……! 아, 한 번에 OK라네."

나는 튕겨 나가듯 세이의 그늘에서 도망쳤다. 그리고 그대로 돌아보지 않고 서둘러 스튜디오를 떠났다.

어쩐지, 세이가 무섭게 느껴졌다.

　　　　*　　　　*　　　　*

　나는 그날 밤,

　처음으로 혼자 나기의 집에서 자고 가기로 했다.

　촬영이 늦게까지 이어졌던 것도 있고,

　왠지 오늘은 나기의 집에서 자고 싶었다.

　매일 밤 매일 밤, 집요할 정도로 '지금 어디?'라는 질문을 받고 있기도 하고.

　—밤 11시 30분.

　오늘만 이상하게도 아직 나기로부터의 전화가 없었다. 요 며칠간 늘 정해진 시간에 전화를 걸어왔었는데.

　나는 나기의 침대에서 뒹굴며 휴대폰의 액정을 바라보았다.

　내가 먼저 전화를 걸어도 괜찮겠지만…… 촬영 중일지도 모른다.

　독일은 아직 저녁때다.

　언제나 나기는 '굿나잇' 하고 전화를 끊지만, 그쪽은 아직 촬영이 한창 중이었을 거다.

　만약 저녁 신이라고 하면 그때부터가 촬영의 시작이었을 수도 있다.

나는 울리지 않는 휴대폰을 쥔 채, 몇 번이고 뒤척였다.

전화가 올 때까지 잘 생각도 아니었고, 그렇다고 쉬이 잠이 올 것 같지도 않았다.

나기의 침대에서 보는 방의 풍경은 그리운 느낌이었다.

아직 나기가 일본을 떠난 지 채 한 달도 되지 않았는데—

"……웃,"

나는 휴대폰을 가슴에 끌어안았다.

이렇게라도 하고 있으면 좀 더 나기가 가까이 있는 것 같다.

그가 쓰던 침대.

그의 목소리가 들리던 휴대폰.

조금이라도 그와 더 가까이 있을 수 있다면……

지잉—!

"!"

벌떡 일어나 휴대폰을 열었다.

나기였다.

"여보세요."

나는 달려들 듯 휴대폰의 통화버튼을 눌렀다.

『오늘은 빠르네.』

웃음기 어린 나기의 목소리 저편에서 사람들의 시끌시끌한 소리가 들렸다.

역시 촬영 중이었던 모양이다.

사람이 잔뜩 있는 모양인지 독일어도 들렸다.

"나기가 늦은 거겠지."

말해놓고 나서 당황해 입을 다물었다.

나기는 전화를 받는 게 빠르다고 말한 것뿐이었는데, 이건 마치 내가 전화를 기다리고 있었다는 말이나 다를 바 없다.

『—아아, 미안.』

나기는 소리를 흘리며 웃었다.

『촬영이 좀 길어졌어.』

"나도 오늘은 촬영분이 많아서 힘들었다구. 할 수 있는 한 최대한 서둘렀어도 끝난 거 방금 전이었어."

침대 위를 구르며, 나는 나기의 '지금 어디?'를 기다렸다.

『그랬군. 수고했어.』

—어라?

『나도 이제 조금 더 걸리려나. 감독이 조명에 집착하는 편이라, 지금은 그거 기다리는 중.』

스튜디오 안인 걸까, 조명의 상태를 신경 쓰면서 말하고 있는 나기의 의식은 어쩐지 나에게 향해 있지 않은 것 같았다.

"헤, 헤에, 어떤 신?"

그러고 보면 나는 아직 나기가 어떤 영화에 출연하고 있는지 모른다.

나는 일어나 앉아서 나기의 의식을 나에게로 돌리기 위해
질문했다.

『베드신.』

"—어?"
불시의 일격.
『시트의 음영에 신경을 많이 써서, 좀처럼 촬영이 진전이
안 돼. 뭐어, 중요한 신이니까 어쩔 수 없지만.』
나기는 아무렇지도 않은 듯 태연했다.
"베드신이라니, 누구……."
『상대? 독일 여배우야. 리쿠는 모르지 않을까.』
나기는 웃고 있었다.
"내가—"
『응?』
휴대폰을 쥔 손이 부들부들 떨리기 시작했다.
추운 것도 아닌데.
"내가…… 키스신 찍었을 때는, 밤에 그렇게나…… 했던
주제에."
말이 제대로 나오지 않았다.
방금 전까지 안락하게 느껴졌던 방의 풍경이 갑자기 어둡
게 느껴졌다.

『어? 아아……. 어쩔 수 없잖아, 지금은 독일에 있으니까.』

"—이잇! 알고 있어!"

나는 침대에서 벌떡 일어섰다.

나라고 좋아서 여기 혼자 있는 게 아니다.

『어이, 리쿠.』

나는 뜨거워진 눈을 힘주어 감고, 목소리가 흔들리지 않게 힘주어 말했다.

"……나기가 자꾸만 집요하게 말하니까 나기의 방에 자러 왔는데, 나기는 독일 여자랑 노닥거리고 있는 거냐고!"

머릿속에, 오늘 막 촬영한 대사가 되새겨졌다.

—너는, 여자애들한테도 인기 많잖아?

나한테 관심이 가는 것도 단지 변덕일 게 뻔해.

나기에게 있어서 나 따위, 심심풀이 섹스 상대일 뿐인 거다.

『—뭐야, 그게.』

나기의 차가운 목소리.

『딱히 집요하게 말한 거 아니었어. 집에 가고 싶으면, 가지 그래?』

"……."

『……촬영 시작한다. 그럼.』

내가 말을 잃고 있는 사이, 나기의 한숨과 함께 통화가 끊겼다.

나는 휴대폰을 쥔 채,

한동안 숨을 쉬는 것도 잊고 있었다.

제11화

귀여운 배우?

다음 날.

"리쿠, 좋은 아침."

로케 버스의 창문에 기댄 나는 세이의 목소리에 짧게 고개를 끄덕였다.

─어젯밤, 결국 한숨도 못 잤다.

이제까지는 매일 아침, 나기의 문자가 와 있었다.

시차가 있으니까 나기는 자기 전에 문자를 보내고 있었을 거다.

『좋은 아침.』

단지 한 문장짜리 문자인데도 오늘은 오지 않았다.

　문자를 보낼 틈도 없이 잠이 들었을지도 모른다고 생각을 하면서도, 내가 먼저 메일을 보내고 싶은 마음은 들지 않는다.

　거기다,

　어쩌면 베드신 촬영 뒤에 여배우와 마음이 맞아서 그대로, 나를 침대로 끌어들여 욕정했던 것처럼 다른 사람을…….

　"—으으!"

　입술을 물고, 스스로의 팔을 강하게 틀어쥐었다.

　나기가 다른 사람과 섹스하고 있을지도 모른, 이따위 생각을 하는 것만으로도 돌아버릴 것 같았다.

　"리쿠, 괜찮아?"

　세이가 옆자리로 옮겨와 작은 목소리로 물었다.

　로케 버스가 달리기 시작했다.

　다른 스태프는 촬영 예정을 확인하고 있어서 나와 세이에게까지 신경을 쓸 사람은 없었다.

　"눈 밑에 다크서클 심하다? 메이크업 담당 올리겠네."

　내 얼굴을 들여다보며, 세이가 눈 밑을 건드렸다.

　무심결에 눈물샘이 풀려 버릴 것 같았다.

　울어버리면, 이상할 텐데.

　뜬금없다고 생각할 텐데.

"뭔가 슬픈 일이라도 있었어?"

눈 밑으로 뻗은 손을 내 머리카락으로 옮기며, 착하다 착하다, 하는 듯 부드럽게 쓰다듬어 준다.

"무슨 일 있으면 나한테 기대라고 말했지?"

세이가 웃었다.

나기의 웃는 얼굴과는 다른, 사근사근하고 편안해 보이는 미소다.

"세이……."

"최소한 드라마 촬영 중에는, 나는 리쿠의 애인이라고 생각할 거니까."

세이는 내 머리를 쓰윽 끌어안았다.

―애인?

"……나, 남잔데?"

세이를 올려다보았다.

"이 드라마는 남자들끼리 사랑하는 얘기잖아?"

세이는 아무렇지도 않은 듯 웃었다.

"……그런가."

남자들끼리라도 애인이 될 수는 있다.

남자들끼리 섹스할 수 있다는 것도 알고 있다.

―섹스는 애인들끼리 하는 거라고 생각하고 있었다.

하지만 나기와 내 경우는 달랐다.

나기는 나에게 남자들끼리 하는 섹스를 가르쳐 줬을 뿐

이다.

"엄청 기분 좋았어. 게다가, 귀엽기도 했고."

나기가 그렇게 말해서,
나는 또 해도 좋다고…….

"리쿠."
"!"
정신을 차리자 세이의 얼굴이 바로 코앞에 있었다.

아무래도 어제의 키스를 떠올릴 수밖에 없어서 나는 세이
를 피해 고개를 푹 숙였다.

"나를 애인이라고 생각하고 뭐든 나한테 의지해."

세이는 강아지가 코를 끙끙거리는 듯한 표정을 하고 나를
바라보았다.

"그, 그런 말을 들어도……."

다른 사람에게 말할 수 있을 리가 없다.

나기와 나의 일 같은 것을.

애초에 나 스스로도 영문 모를 일들이 잔뜩이기도 하고.

"아, 그럼……."

세이의 머리 위에, 뿅 하고 강아지 귀가 솟아나온 것처럼
보이는 기분이 들었다.

"어제부터 가슴이 아파……. 아프달지, 가슴을 도려내는 것 같아."

나는 이 아픔이 뭔지 알고 싶었다.

어째서 나기가 베드신을 찍는 걸 생각하는 것만으로 이렇게도 괴로운 걸까.

나기가 나에게 질려 버렸다고 생각하는 것만으로도 슬퍼진다.

귀국한 뒤에도 이제 나기는 나를 만나주지 않을지도 모른다든가, 그런 걸 생각하는 것만으로도 가만히 있을 수가 없어서.

결국 눈물이 나와버렸다.

"어제부터?"

세이가 눈을 깜박거렸다.

"응, 어제—"

"내가 키스해서?"

나와의 거리를 줄이며 세이가 두 눈을 가늘게 떴다.

"아니, 그—"

밤부터야, 라고 말하려는 입술을,

세이가 빼앗았다.

"!"

"나았어?"

"나, 나을 리가!

가만히 있어도 괴로운 가슴이, 놀란 나머지 덜컹덜컹거렸다.

"자아, 그럼 한 번 더."

세이가 얼굴을 들이댔다.

나는 당황해서 내 입을 양손으로 막아 방어했다.

"리쿠, 손 방해돼."

세이는 언제나 짓고 있는 문제없다는 듯한 미소로 나를 놀리고 있는 것 같았다.

"이흐어어(시끄러워)!"

"무슨 소린지 모르겠어."

와하하 소리 높여 웃은 세이가 겨우 몸을 떨어뜨려 주었다.

"아, 정말, 남자들끼리 뽀뽀 같은 거 이상하잖아……"

─하지만, 나랑 나기는 한다.

나기도 세이도 똑같이,

나를 가지고 노는 걸까?

그럼 나는?

나기와 세이는 다르다고 느끼고 있다.

뭐가 다른 걸까.

─옆자리의 세이를 훔쳐보자, 세이는 대본을 열어보고 있었다.

좀 전의 장난스런 태도와는 전혀 달랐다.

집중해서 대본을 읽고 있는 세이의 옆얼굴은 예리하고 날카로워서, 나보다 연하라고는 생각할 수 없을 정도로 멋있었다.

"왜?"

"!"

넋을 놓고 보고 있었을지도 모른다.

세이에게 들켜서 나는 당황해 얼굴을 숙였다.

뻘쭘하다!

땀이 확 솟구쳐서 절로 얼굴이 붉어지는 것을 스스로도 느낄 수 있었다.

"대, 대사! 맞춰볼까!"

나는 뻘쭘함을 숨기고 대본을 펼쳤다.

"응, 좋아."

세이는 어깨를 흔들며 웃으면서 승낙해 줬다.

*　　　*　　　*

이 주 후.

—나의 첫 주연 드라마, 첫 화 방송일.

"리쿠."

촬영 후, 의상인 교복차림인 채로 세이가 대기실까지 쫓아왔다.

"오늘, 이 뒤로 한가해?"

"어— 한가… 하려나."

메이크업을 지우는 손을 멈추고 세이를 돌아본 나는 울리지 않는 휴대폰을 힐끔 쳐다보았다.

……그 후로 계속 나기로부터의 연락은 없었다.

완전히 질려 버린 거겠지.

나는 새카맣게 칠해져 가는 가슴의 고통을 눌러 참기 위해 세이에게 웃는 얼굴을 했다.

"뭔데? 술이라도 마실래?"

"응, 그것도 좋은데. 오늘, 첫 회 방송하는 날이잖아."

대기실에 들어온 세이가 의자를 끌어당겨 앉았다.

"그렇네."

시계의 바늘이 밤 열 시를 가리키고 있었다.

방송시간까지 약 한 시간.

"나, 리쿠랑 같이 보고 싶어서."

고개를 기울이고 나를 바라보는 세이와 시선이 마주쳤다.

"같이? 좋아. 어디서 볼래?"

오지도 않는 나기의 연락을 혼자서 기다리고 있는 것보다는, 촬영의 고생담을 안주 삼아 세이와 본방으로 드라마를 보는 편이 분명히 더 즐거울 거다.

"우리 집으로 와."

"세이네 집?"

"응. 리쿠네 집보다 가까워. 차로 가면 삼십 분 정도. 중간에 맥주 같은 거 사 가자."

어때, 하고 세이가 몸을 앞으로 쭉 내밀고 내 얼굴을 살폈다.

─나는 조금 주저했다.

어째서인지는 모른다.

어차피 휴대폰은 오늘밤도 울리지 않을 거라는 걸 알고 있는데도.

나기도, 독일에서 여배우랑 노닥거리고 있을 테고, 내가 세이랑─동료 배우와 친하게 지내는 것 정도는 보통일 텐데.

"싫어?"

좀처럼 대답하지 않는 내 얼굴을, 세이가 고개를 쭉 내밀어 쳐다보았다.

"아, 싫은…… 게 아니고."

좋아, 가자, 라는 말이 쉽게 나오질 않는다.

목이 막힌 것처럼.

그게, 나는 나기에게 아직 '이런 드라마 찍고 있어' 라고 말하지 않았다.

오늘이 방송일이라고도 말하지 않았다.

세이는 사람하고 친해지기 쉬워서, 친해지다 보니 키스도 했어, 라고도 말하지 않았다.

"리쿠."

"!"

세이에게 어깨를 붙잡혀 얼굴을 들었다.

"아, 미안⋯⋯."

또 나기의 일만 잔뜩 생각하고 있었다.

이것도 저것도 나기가 연락을 안하기 때문이다.

—내가 나기를 화나게 해버렸으니까, 나기는 문자도, 전화도 하지 않게 된 걸까⋯⋯.

나기는 약속한 대로, 매일 연락해 주었었는데.

"리쿠!"

"웃, 세이?!"

생각지도 못할 정도로 강한 힘으로 의자에서 일으켜 세워지는가 싶더니, 등 뒤에 거울의 차가운 감촉이 닿았다.

"세이⋯⋯?"

눈앞에는 진지한 세이의 표정.

"왜 나를 안 보는 거야?"

연기 연습⋯⋯ 은 아니겠지.

이런 대사는 없다. 내가 본 바로는 절대.

"세이, 잠깐. 어깨⋯⋯ 아파."

어깨에 세이의 손가락이 파고들었다.

떼어내기 위해 손을 겹치자 뿌리쳐졌다.

"나, 말했었지? 난 리쿠의 애인이라 생각할 거라고."

거울에 밀어붙여진 내 몸에 세이가 바짝 다가왔다.

―무섭다.

마치 이빨을 드러낸 맹수가 눈앞에 있는 것처럼.

한 번도 보여준 적 없던 수컷의 얼굴이, 무섭다.

"나는 리쿠의 애인이니까, 리쿠도 나만 생각해."

"어, 미안……. 저기……."

정처없이 헤매는 시선을 대기실 문으로 향했지만, 문은 굳건히 닫혀 있었다.

"리쿠."

세이의 손이 내 뺨을 잡았다.

"!"

억지로 세이의 얼굴을 돌아보게 되었다.

세이가 내 얼굴을 꿰뚫어 버릴 듯한 눈으로 나를 쳐다보고 있었다.

"―나 이외에는 아무 생각도 못하게 만들어줄까?"

그대로,

세이가 내 입술을 삼키듯 눌렀다.

"읍……!"

당황해 몸을 움츠렸다.

바닥에 메이크업 도구들이 소리를 내며 떨어져 굴렀다.

"웃……! 으읍, 음……!"

있는 힘껏 어깨를 때리듯 밀어버리려 해도, 세이는 꼼짝도

하지 않았다.

지금까지의 장난치듯 겹쳐 온 키스와는 완전히 달랐다.

"……읏!"

혀가,

입술을 가르고 들어왔다.

"읏! 우…… 우웅! 웅, 읍!"

이를 악물고 얼굴을 돌리려 해도, 뺨을 잡은 세이의 손가락이 파고들었다.

아파.

다리를 버둥거리며 도망가려고 해도 거울 앞에 붙잡혀 안겨 버렸다.

세이가, 세이 같지 않았다.

"읏, 아, 하읏…… 으─웅!"

답답함에 헐떡인 순간, 세이의 혀가 다시 비집고 들어왔다.

"으읏……! 웅, 하, 아우…… 우웅, 으…… 읏!"

입안에서 도망치려 하는 내 혀를 얽어매고 타액을 빨아들이며 몇 번이고 입술을 탐한다.

등 뒤의 거울에 머리가 닿아 더 이상 도망갈 곳도 없는 나의 혀뿌리까지 세이는 집요하게 핥아댔다.

싫다.

이런 거 싫어.

나기는 이런 식으로 억지로 키스하거나 하지 않았다.

아프지 않았고,

무섭지 않았고,

더 다정하고—

"나, 기이……!"

입술을 크게 벌리고, 무의식중에 나는 말하고 있었다.

부지불식간에 번진 눈물이 눈꼬리에서 방울져 흘렀다.

나기, 살려줘.

"하?"

타액으로 은빛 실을 늘어뜨리며 입술을 뗀 세이가 의아해 하는 얼굴로 나를 바라보았다.

"나기라니, 카미시로 나기?"

겨우 달아나려 했지만 다시 한 번 거울에 밀쳐졌다.

"왜 거기서 카미시로 나기가 나오지? 나만 생각하라고 했 잖아?"

웃으며, 세이가 말했다.

무서워.

나는 입을 다물고, 고개를 저었다.

"뭐야 그거? 날 생각할 수 없다는 의미? 진짜 있을 수 없는 일인데."

얼굴에서 웃음기가 사라진 세이가 내 와이셔츠를 움켜쥐 었다.

"……웃!"
목을 움츠리고 눈을 감았다.
그 순간,

"있을 수 없어? 이쪽이 할 말이다."

제12화

다녀왔어

"리쿠한테서 손 떼."

당연히 독일에 있어야 할 나기가 눈 앞에 있었다.

"안 들려? 무츠키 세이. 리쿠한테서 손 떼라고 했다."

세이의 팔을 붙잡고, 내려다보고 있다.

"나기……? 어째서……."

중얼거리듯 묻고 나서야 나는 당황해 입술을 닦았다.

온몸의 핏기가 가셨다.

이런 일을, 아무하고나 한다고 생각하면 안 되는데.

"독일 로케도 일단락 나서 겨우 오프를 받아서 말이지. 그냥 그쪽에서 지낼까 생각도 했었는데, 리쿠의 상태가 이상한 것 같아서 돌아왔어."

휘익 하고 세이의 팔을 억지로 비틀어 올리며 나기가 나에게 시선을 향했다.

"일본에 도착하자마자 기획사에 들렀더니 아직 촬영 중이라고 해서 데리러 왔는데. 내가 잘못했나?"

얼굴을 찌푸린 세이가 팔을 감싸며 나에게서 한 발 물러섰다.

나는 세이의 표정으로부터 눈을 돌리며 작게 고개를 흔들었다.

세이에게 붙잡혀 흐트러진 셔츠의 옷깃을 고쳤다.

"리쿠, 오늘은 자고 갈 거지?"

"웃."

―하지만,

나, 그런 말까지 해버렸는데.

내가 나기를 올려다보자 나기는 '뭐?' 하고 말하는 듯한 표정으로 나를 내려다보고 있었다.

나기는 화내고 있었던 거 아니었나?

나에게 화가 나서, 질려 버려서, 그래서 연락을 주지 않았던 거라고 생각하고 있었는데…….

"하핫!"

그때 세이가 큰 소리로 웃었다.

내가 등줄기를 굳히자 나기는 나에게서 떨어진 세이를 일

별했다.

"기획사 선배랑 후배라더니, 그런 관계였구나."

나기는 아무 말도 하지 않았다.

그가 어떤 표정으로 세이를 돌아보고 있는지 나에게는 보이지 않았다.

나는 아니라고 부정하고 싶었지만, 목이 굳어버려서 말이 나오지 않았다.

"설마, 몸 로비, 베갯머리 영업, 이라는 그거? 리쿠 같은 신인이 갑자기 월요일 아홉 시 드라마에 나올 수 있던 건 카미시로 나기에게 몸이라도 내줘서였던 건가?"

"읏!"

"아냐."

―나기의 목소리는 조용했다.

내게 등을 보이고 있는 나기의 의연한 저음의 목소리에 세이의 웃음도 사라졌다.

"그럼 뭔데? 당신이 리쿠를 협박해서 억지로 해버렸단 소린가?"

"너랑 같은 취급 하지 마."

나기의 등이 불끈불끈 하고 있었다.

세이의 표정도 내가 지금까지 본 적 없는, 연기도 아닌 그런 것이었다.

저게 세이의 진짜 얼굴인 걸까.

"리쿠."

불현듯 나기가 돌아보았다.

"가자."

팔을 붙잡혀 억지로 대기실 문으로 향했다.

세이의 바로 곁을 지나갈 때,

―세이는 나와 눈도 마주치지 않았다.

                    *   *   *

나기는 맨션에 도착할 때까지 한 마디도 하지 않았다.

화를 내고 있는 걸까.

나에 대해서?

아니면, 세이에 대해서?

―어느 쪽이든 상관없다.

"나기, 저기…… 고마워."

구해줘서.

나기가 나타나지 않았더라면 나는 지금쯤 세이에게―

입을 꾹 다물고 있는 채인 나기의 등을 바라보며 말하자
나기는 크게 한숨을 쉬었다.

"그 전에 말할 게 있겠지."

"어? 어, 그…… 미, 미안해……?"

"틀렸어."

허리에 손을 올리고 나를 내려다보고 있는 나기의 표정은 변함없이 무뚝뚝했지만 화난 걸로는 보이지 않았다.

"다, 다녀오셨어, 요……?"

인가?

"정답."

그렇게 말한 나기는 웃음과 동시에, 아직 현관에 선 채인 나를 끌어안았다.

"읏!"

오랜만에 느끼는, 나기의 체온.

독일에서 돌아와도 이제 나 같은 건 신경도 쓰지 않을 거라고 생각했는데─

"다녀왔어."

나기의 등에 매달리듯 팔을 두른 내 귓가에 나기가 속삭였다.

"이, 젠 다신 못 만날 거라고 생각했어……."

"너무하네. 나를 독일에 추방해 버릴 생각이었어?"

나기가 웃으며 내 머리를 쓰다듬었다.

"그런 게 아니라, ……나한테 질려 버린 줄……."

시간이 한참 지나도 떨어지지 않는 나를 떠메듯 안아 올린 나기가 방 안으로 이동했다.

결국 내가 혼자서는 하룻밤도 잔 적 없는 나기의 방.

"질려 버린 건 리쿠 쪽 아니었어?"

"으, 왜 내가……!"

거실의 카우치에 내려진 내가 얼굴을 들자 바로 코앞에 나기의 얼굴이 있었다.

무심결에 숨을 삼킬 만큼 아름다운 나기의 눈이 나를 바라보고 있었다.

"내가… 집요해서?"

"읏! 그건 그러니까……."

독일에서 나기가 베드신을 찍고 있다느니 그런 말을 하니까.

울어버릴 것 같은 걸 참으며 어떻게든 둘러대려 하고 있는데, 나기가 내 옆에 앉았다.

나기는 웃고 있었다.

"리쿠가 보고 싶어서 돌아온 거야. 한 달 이상 못 만나기도 했고. 보고 싶다고 너무 전화나 문자를 하면 집요하다는 말을 들을지도 모르니까."

"아니라니……! 그러니까, 나는, 집요하다는 말 같은 건—"

과장된 행동으로 시치미를 떼는 나기의 가슴에 매달려 고개를 묻었다.

눈물이 나올 것 같았다.

얼굴도 뜨거웠다.

"보, 보고 싶, 었어……."

목에 커다란 뜨거운 덩어리가 틀어막혀 있는 것 같이 괴로우면서도 겨우 말을 짜냈다.

나기가 내 머리를 끌어안아 주었다.

"알고 있어."

그리고, 입술이 다가왔다.

'알고 있어' 라니—

"……왠지 열받아."

내가 얼마나 잠들지 못하는 밤을 보냈다고 생각하고 있는 거야.

키스가 내려앉은 입술을 삐죽 내밀며 눈 앞의 나기를 째려보자, 나기는 작게 웃음을 흘렸다.

"그럼 말 안 해."

그리고는 입술을 열고 뾰루퉁한 내 윗입술을 천천히 문다.

"또 리쿠의 기분을 거스를 수는 없는 노릇이니까."

"……우웅."

내가 나기의 목에 팔을 감으며 한숨을 섞어 입술을 열자, 한 번, 두 번, 표면을 쪼듯이 마주쳐 왔다.

"방금 그거, 소독할 거야."

나기가 농담이라고는 생각할 수 없는 목소리로 말하고 나를 카우치의 팔걸이에 밀어 눕히며 입술을 탐했다.

"하, 아…… 응, 앗,…… 아웅, 으응, 웃, 으음……."

질척질척 소리를 내며 집요하게 혀를 빨아들이는 키스.

나는 나기의 검은 머리카락에 손가락을 빗질하듯 찔러 넣으며 카우치에 파묻힌 등을 떨었다.

"리쿠……."

나기의 손가락 끝이 셔츠의 버튼을 풀어 나갔다.

내 쇄골을 쓰다듬으며 옷을 벌리고—

"—아."

내가 큰 소리를 내자 나기도 놀라 눈을 깜빡였다.

"……뭐야."

멈칫한 나기의 시선.

나기의 몸도 달아올라 있다는 건 알고 있다.

하지만.

"나도, 소독."

카우치에 팔꿈치를 대고 내가 몸을 일으키자 나기도 의아해하는 표정을 하고 몸을 일으켰다.

그걸, 거꾸로 쓰러뜨렸다.

"독일 여배우랑 베드신, —뭐했어?"

허둥대는 표정의 나기에게 바짝 다가갔다.

"키스는 몇 번이나 찍었어?"

"그렇게는 안 찍었어. 리쿠도 아니고."

어이없다는 듯 웃는 나기의 입술에 혀를 내밀어 표면을 할짝할짝 핥았다.

간지러운 듯 웃는 나기의 입술에서 혀가 살짝 나왔다.

"혀도 핥아봐."

"……혀도 넣은 거야?"

울컥해 보이자 나기는 여유있는 표정으로 목을 움츠렸다.

"넣지는 않았지만."

—열 받아!

나는 내밀어진 젖은 혓바닥을 물어버릴 듯 격렬하게 탐하면서, 입 안쪽까지 빨아들여 질척하게 핥아댔다.

때때로 나기가 혀끝을 꿈틀거리는 것만으로도 몸 안쪽부터 안달이 났다.

"응, 하…… 아응."

나기의 몸 위에 두 다리를 벌리고 올라탄 하체를 가만히 두지 못해 꿈틀거리며, 타액으로 범벅이 된 입술을 찍어 눌렀다.

나기가 내 머리카락을 쓰다듬었다.

"그리고? 이제부터는 뭘 해줄 거야?"

"뭐, 뭐라니……."

내가 이미 만져지고 싶어하는 걸 나기도 알고 있을 터였다.

"소독해 주는 거잖아? 여배우랑 닿았던 곳, 전부."

나기의 손바닥이 자신의 가슴을 만졌다.

베드신이니까, 당연히 전라에 가까운 상태로 여배우와 얽

혔었겠지.

나는 울컥 눈썹을 모으고 나기의 옷을 걷어 올리고는 근육질의 가슴 위에 입술을 묻었다.

옷을 입고 있으면 말라 보이는 주제에 의외로 근육질인 나기의 몸을 다른 사람이 알게 됐다고 생각하니 분했다.

영화가 개봉하면 스크린에 전부 비춰질 테니까 일본의 모든 카미시로 나기의 팬들도 알게 될 것이겠지만, 그 여배우는 이 몸에 직접 닿았다.

내가,
나만이……

가슴 언저리에 술렁이는 기분에 놀라며 내가 얼굴을 들자 나기의 손이 그걸 저지했다.

"더 아래까지 핥아."

나기는 내 얼굴을 내리 누르며 다른 한손으로는 벨트의 버클을 풀었다.

"……여기도 만져진 거냐고."

속옷에서 꺼내진 나기의 것은 이미 힘이 들어가기 시작하고 있었다.

"만져졌을 리가 없잖아. 좀 믿어."

나기의 손가락이 덧그러진 남근의 표면에 입술을 대자, 뜨거웠다.

"믿으라고 해도……."

뭐를?

나기가 무책임하게 여자와 자고 다닐 만한 남자라고는 생각해 본 적도 없다.

하지만 여자가 나기를 내버려 둘 수 있을 리가 없잖아.

나기의 얼굴을 힐끗 쳐다본 뒤, 나는 입술을 열어 선단을 머금었다.

나기가 독일로 떠나기 전날 밤 이후로 처음 닿는 육봉에 혀를 얽고 타액 투성이로 만들며 오므린 입술에 담았다.

나기가 뜨거운 입김을 토했다.

나기라면, 이런 짓을 할 상대는 사방팔방 어디에서든 골라 잡을 수 있을 텐데.

귀찮게 뒤를 봐주지 않아도 되니까?

주간지 기자에게 걸릴 걱정도 없는데다 임신도 하지 않고,

─진심이 되지도 않고.

"리쿠."

입안 가득히 나기의 육봉을 물고 정신없이 얼굴을 위아래로 움직이고 있자니, 나기가 내 턱을 잡아 얼굴을 들게 했다.

"이쪽으로 와."

나기에게 재촉당하며 자세를 바꿔 카우치에 몸을 묻자 나기가 내 옷을 벗겼다.

"그런 얼굴 하지 마."

나기가 뺨을 손바닥에 감싸고 내 얼굴을 들여다보았다.

—어떤 얼굴?

"계속 리쿠가 보고 싶었어. 리쿠가 드라마에서 게이 역할을 한다고 들었을 때 제정신이 아니었어. 상대가 무츠키 세이라고도 하고."

코끝,

뺨, 턱 끝, 윗입술.

나기가 쪼듯이 입을 맞췄다.

"리쿠가 외로워하고 있는 건 알고 있었고, 리쿠 이외의 사람은 생각하지도 않아. 연기로 아무리 키스를 한다고 해도."

나기의 뜨거운 손바닥이 내 목줄기를 더듬어 가슴을 쓰다듬고, 허리에 미끄러져 들어갔다.

"웃, 하아, 으…… 우응, 응."

허리를 끌어안겨, 내 타액으로 젖은 나기의 성난 물건이 들이밀어지자 내 등줄기는 무의식적으로 움찔움찔 수축을 시작했다.

저절로 허리가 떠서 가만히 있을 수가 없었다.

"리쿠."

나기의 몸이 가까워져 왔다.

나기에게서 눈을 뗄 수가 없었다.
나기밖에, 생각할 수 없었다.

"──좋아한다."

제13화

솔직한 기분

"리쿠, 좋아한다."

나기의 앞머리가 내 뺨을 간지럽힌다.

젖은 듯한 검은 눈동자가 뜨겁게 나를 바라보고 있다.

오랜 시간 동안 줄곧 동경해 온, 아름다운 얼굴이 내 바로 앞에서—

"좋아한다."

"……읏!"

두근두근 하고, 심장이 급격하게 거칠어지기 시작했다.

"헤, 엑?! 그치만, 그, 나기…… 가, 나, 같은 거……!"

―좋아한다고?

그게 무슨 뜻이야?

알고 있지만, 모르겠다. 그게 무슨 말인지.

"좋아하지 않는 쪽이 나은가?"

풋 하고 나기에게서 심술궂은 미소가 떠오르며, 그 숨결이 내 피부를 간지럽혔다.

그것만으로도 열을 머금은 내 몸은 두근두근 떨려오기 시작했다.

"그런 뜻이……."

이를 덜덜 떨며 내가 입술을 고쳐 물고 얼굴을 돌리자, 턱을 붙잡혀 되돌려졌다.

"뭐, 안 된다는 말을 들은 상황에서, 내가 리쿠를 좋아하는 건 내 자유니까."

그렇게 말하며 나기는 내 입술을 혀로 억지로 열어버릴 것처럼 강경하게 입 맞췄다.

"응……웃, 아훗, 웃……아, 응, 으웃, 으응……!"

혀 밑을 미끌미끌하게 자극하며, 끌어안긴 허벅지 안쪽을 손바닥으로 천천히 만진다.

나기가 허리를 바짝 붙이자 터져 버릴 듯 뜨거워져 바짝 선 물건이 내 엉덩이 사이를 문지르게 되었다.

"아, ……후앗, 아, 으…… 아아."

나는 나기의 목에 두 팔을 감아 매달렸다.

끌어올려 안긴 다리를 나기의 허리에 감고 코끝을 울리며 입술을 빨았다.

"좋아한다, 리쿠. 또 '집요하다'는 말을 듣는다고 해도."

젖은 입술을 귓불에 대며 나기가 낮고 거칠어진 목소리로 속삭였다.

"그런 말, 안, 했…… 읏."

나기가 들어오기 시작했다.

"읏, 아, 아…… 으앗, 흐…… 읏!"

오랜만에 느끼는 나기의 뜨거운 그곳.

나는 허리를 뒤틀며 카우치 위에서 흠칫흠칫 짧게 경련했다.

"…너무 그렇게 조이지 마."

숨을 죽이며 웃는 나기의 손끝이 내 입술을 가르며 들어왔다.

"아, 으하……! 아, 아…… 응."

나기의 손가락을 빨아들이려고 혀를 빼자 자연스럽게 아래의 힘이 풀린 걸까,

─나기가 허리를 묻었다.

"흐앗, 앗…… 아앗, 으앗, 응, 아읏……! 들, 어……!"

안달이 나 견딜 수가 없어진 몸 안쪽을 도려내듯 삽입되어, 나는 눈을 감았다.

"아아, 오늘은 잔뜩 해줄게. ─바람피울 생각은 하지도 못

하게 말이야."

나기가 강하게 허리를 찔러 넣었다.

"흐앗, 아웃…… 아, 으앗, 아……! 바람, 이라니……!"

깊이 찔러 넣은 채 나기가 격렬하게 움직이기 시작했다.

호흡도 마음대로 할 수 없을 만큼 몸 안쪽을 꿰뚫렸다.

"바람이잖아? 무츠키 세이랑."

구멍 안쪽이 나기의 음란한 액체로 질척하게 젖어 들어갔
다.

"아니…… 바람 같은 거, 피운 적… 아, 아웃, 아, 나
기……!"

하체에서 찌걱찌걱 끈적거리는 물소리가 들려올 때마다
나는 뼛속까지 녹아버릴 것 같은 성감에 뒤흔들렸다.

나기의 등에 손톱을 세우고 필사적으로 고개를 저었다.

마치 내 부정을 탓하는 것처럼 나기는 거칠게 나를 꿰뚫었
다.

서러워지는 한편, 어쩔 수 없는 감각에 나는 몸을 뒤틀며
괴로워했다.

"나기, 웃…… 더, 해줘! 더…… 웃, 더어……!"

아래에서부터 쭉쭉 밀어 올려지는 듯 허리를 흔들자 나기
의 숨소리도 거칠어져 갔다.

"바람 같은 거 안 피니, 까…… 아웃! 계속, 나기만, 생각,
아, 아웃…… 웅, 나기, 나……!"

나기의 곧추선 물건이 내벽을 집요하게 문질러 댔다.

필사적으로 말을 뽑아내려고 생각했는데, 온몸이 흠칫흠칫 떨려서 제대로 말을 할 수가 없었다.

"나, 기이……! 나기밖에 없으니까, 앗……!"

매달리듯 나기의 등에 돌린 팔에 힘을 주었다.

그러자, 귓가에 얼굴을 댄 나기가 훗 하고 웃었다.

"귀엽다."

"웃……!"

순간,

온몸에 달콤한 전류가 흘렀다.

"아, 안…… 앗, 아, 아앗…… 앗, 뭐, 지금…… 앗!"

나기가 크게 허리를 뺐다가 다시 한 번 내 그곳을 힘차게 꿰뚫는다.

"—아, 흐, 아앗…… 아, 아앗……!"

나는 카우치에서 몸이 반쯤 흘러내릴 정도로 크게 경련하며, 울컥울컥 탁하고 하얀 액체를 뿜어내고 말았다.

그래도 아직 나기를 물고 있는 아래의 동통이 멈추지 않았다.

"후앗, 웃아……! 아, 뭔, 가…… 으아, 응, 이상, 하웃…… 웃."

전신이 오싹오싹해서 온몸이 성감대가 되어버린 것처럼,

—어마어마하게 기분 좋다.

"이상해? 기분 좋은 건가?"

나기의 목소리가 귓가를 간질이는 것만으로 심장이 엄청나게 두근거린다.

"좋아, …으응, 너무, 좋…… 앗!"

나기밖에 생각할 수 없는 건 언제나와 다를 바 없지만—

나기의 얼굴을 제대로 볼 수가 없었다.

나기에게 깊숙이 꿰뚫리고 있어도 아직도 부족했다.

"변함없이 야하네. 이런 몸, 다른 남자한테 만지게 하지 마."

거친 숨결이 섞인 속삭임과 함께 나기는 볼록하게 단단해진 젖꼭지를 틀어쥐었다.

"으응, 으…… 응! 우, 으응…… 우……나, 기, 웃, 만…… 나기만, 이니까…… 아앗!"

발갛게 달아오른 내 얼굴을 바라본 나기가,

—미소 지었다.

두 눈을 가늘게 뜨고 부드러운 표정으로.

"하, 웃…… 우, 응…… 웃!"

하체가 꾸욱 조여졌다.

"응? ……어떻게 된 거야?"

연결된 부드러운 내벽의 움직임으로 내 변화를 잘 알고 있는 주제에, 나기는 심술궂게 붙잡은 유두를 문질문질 조물락거리며 나를 바라보았다.

"싫어어……! 아, 으응…… 아, 앗……!"

나기가 크게 허리를 잡아 빼자 결합부에서 실을 늘여놓은 것처럼 끈적한 소리가 울렸다.

"아, 아앗…… 나기, 싫어, 싫어어엇……! 넣어줘, 안에, ……웃, 찔러줘어어……!"

애원하자 나기는 나를 꿰뚫어 버릴 듯 몸을 밀어 넣었다.

"히웃…… 웃! 우웃, 응, 아앗…… 하아…… 으앗……!"

몸이 부들부들 떨리는가 싶더니 나는 또다시 가버리고 말았다.

"또 간 건가?

하지만 아직, 내 안에 몸을 파묻은 나기의 것은 힘 좋게 맥박치고 있었다.

"미, 미안. ……그, 나만……."

가도 가도, 가버릴 때마다 몸의 안쪽도 바깥쪽도 민감해져 부끄러움도 늘어 갔다.

"괜찮아. 내가 리쿠를 기분 좋게 만들고 싶은 거니까."

"……웃."

틀렸다.

심장이 폭발해서 산산조각이 나버릴 것 같다.

―이것도 저것도,

나기가 '좋아한다' 라고 말해서다!

"……라고는 해도 나도 이제 슬슬 한계인가."

새빨개진 얼굴을 돌린 내 귓가에 입술을 누르며 나기가 허리를 튕기기 시작했다.

사납게 흥분한 남근이 내 안쪽을 가득 채웠다.

"아앗…… 하, 아웃, 아…… 아앗! 으앗, 아아앗……!"

격하게 몸을 흔들려 카우치에서 떨어질 것 같이 되자 허리를 거칠게 끌어안겼다.

그래, 마치 강간당하는 것처럼,

거세게 나기에게 꿰뚫렸다.

"흐, 으앗…… 아아! 응, 아앗…… 앗! 너무, 기다, 그, 렇게…… 아앗, 하면……! 앗……!"

나기가 쏟아놓은 액체로 흠뻑 젖은 구멍으로부터 울리는 질척한 소리에 맞춰, 내 것도 움찔움찔 떨리며 점액을 쏟아내고 있었다.

"리쿠의 안쪽, 계속 꾹꾹 조여들고 있어서 너무 기분 좋아."

여유없이 괴로운 듯한 목소리로 나기가 속삭였다.

나는 이미 이 이상이 없을 만큼 미쳐 버릴 것 같은 상태가 되어 있는데, 그런 말을 들어버리면…….

"나기, 웃……. 나, 기…… 으응, 나기, 나기이, 아웃……!"

나는 나기의 등에 매달린 팔에 꾸욱 힘을 주었다.

"좋아, 해……! 나도, 좋아해, 훗……!"

"이제야 겨우 말했네."

그렇게 말하며 웃는가 싶더니 나기는 정욕에 녹아내린 눈빛으로 나를 바라보며,

—키스를 했다.

그리고 그대로 허리를 스트리퍼처럼 도발적으로 비틀기 시작했다.

"응…… 후앗, 아앗, 앗, ……아, 아앗, 아……!"

나기의 손바닥이 허리에서 시작해 하반신으로 들어갔다가, 하체에서 가슴으로 올라온다.

배 안쪽을 가득 채운 육봉의 흉악함과는 정반대로, 애무하는 손놀림은 다정해서 나는 숨을 흐느꼈다.

"나기, ……으읏, 좋아, 해. 아웃……! 계속, 외로워…… 하앗, 서, 으응."

땀범벅이 된 목덜미까지 정중하게 쓰다듬어져, 나는 입술까지 부들부들 떨었다.

내가 흐느껴 울고 있는 건가 생각할 정도로 목소리가 떨렸다.

"외롭게 해서 미안. 독일에 갈 때까지만 해도 이렇게 좋아하고 있는 줄 몰랐어."

나기의 손가락이 턱선을 따라 나의 떨리는 입술을 매만졌다.

칠칠맞게 침투성이가 된 혀를 내밀어 그 손가락을 핥으려 하자 나기의 입술이 막았다.

"으응…… 읏! 우응, 아, 아앗……! 응, 으응……!"

나기의 추삽질이 격해졌다.

몸이 정신없이 흔들리고, 입맞춤이 끈적하게 깊어지고, 타액이 입가에서 흘러내린다.

"아응, 아, 아아…… 앗, 가, 가아아, 가 버릴…… 아, 아, 아앗, 앗……!"

카우치의 팔걸이를 붙잡고 매달린 내 팔을 나기가 떼어내 손가락을 겹쳤다.

"아아, 리쿠. ─같이 가자."

애절하게 찡그린 나기의 표정에 가슴을 졸이며 나는 정신을 놓고 끄덕였다.

나기의 존재로 머릿속도, 마음도, 몸도 가득 차 간다.

나기를 바라보고 있으면 괴로우면서도

─바라보지 않고는 있을 수 없다.

"앗, 읏……! 아, 으앗, 앗……! 나기, ……이, 제, 안돼……! 으읏, 더는……!"

전신이 열락으로 경직한다.

나기가 작게 끄덕였다.

연결된 손가락이 풀어지나 싶더니 거칠게 등을 끌어 안겼다.

"……읏! 아, 아앗……!"

순간,

뜨거운 나기의 정액이 내 몸 안쪽으로 거세게 뿜어져 들어왔다.

"아, 가득, ……으읏, 엄청, 아, 아……!"

움찔, 움찔 하고 튀어오르며 내 안쪽에 토해진 정액은, 몇 번에 걸쳐 엄청난 양으로 안쪽에 쏟아졌다.

나는 그것을, 경련하면서도 수축하는 구멍으로—

삼켜 버렸다.

*　　　*　　　*

다음 날 아침.

내가 촬영 때문에 방송국에 향하는 동시에 나기는 독일로 돌아갔다.

"다음은 로케가 끝나서 돌아올 때까지 기다려야 되는군."

—그런 말을 남겨놓고, 진한 키스와 함께 떠났다.

'좋아한다'

……라는 말.

듣는 것도 말하는 것도 좋지만, 그런 걸 자각한 이상 괜스레 외로워져 버린다.

사랑스러워서 견딜 수가 없어져 버린다.

나기는 벌써 하늘 위에 있을지도 모른다.

독일에 도착한다면 제일 먼저 연락한다고 말했지만, 독일까지는 반나절이 꼬박 걸린다.

—그 나기가 반나절을 버려가면서까지 나를 만나러 와준 것이었다고 생각하면 기쁘기도 하지만.

벌써… 보고 싶다.

"리쿠, 좋은 아침!"

"!"

스튜디오에 들어가자마자 세이가 눈앞에 나타나, 나는 무심결에 경직되어 발을 멈췄다.

—어젯밤의 일이 머릿속을 스쳤다.

나기의 일로 머릿속이 가득 차서, 세이의 일은 잊어버리고 있었는데.

"뭐해? ……무궁화 꽃이 피었습니다?"

세이는 내 눈높이에 맞춰 몸을 구부리고 웃고 있었다.

아무 일도 없었다는 듯이.

"조…… 좋은 아침."

어쩌면, 사실은 아무 일도 없었던 걸 수도 있어.

세이는 언제나 나한테 장난치던 것과 똑같은 맥락에서 키스를 했을 뿐이고, 그래서 세이에게 있어서는 특별할 것 없었을지도.

"오늘, 무슨 신부터였더라—? 아, 리쿠, 어제 본방 봤어?"

세이는 명랑하게 말하며 언제나처럼 편하게 내 어깨를 끌어안았다.

그 아무렇지 않은 행동, 그러나 나는 무심결에 주저하고 말았다.

놀란 듯한 세이와 시선이 마주쳤다.

"리쿠."

목소리를 낮춘 세이가 두 눈을 가늘게 뜨며 웃었다.

"갑자기 서먹서먹하게 굴면, 이상하잖아?"

그리고 그렇게 말하며 어깨동무를 한 내 귓불에 입술을 댔다.

그는… 아무것도 잊지 않고 있었다.

"아니면,
—카미시로 나기와의 관계, 퍼뜨려도 괜찮아?"

제14화

협박

바로 옆에서 세이의 눈동자가 희번득 빛났다.

어둠 속에서 먹이를 사냥하는 야수와도 같은 눈.

나는 숨을 삼키며, 꼼짝없이 선 채로 얼어붙었다.

"오늘, 잡지 취재였던가—?"

말을 잃은 내 머리를 부스스 흩뜨리듯 쓰다듬고, 세이는 아무 일도 없었다는 듯 대기실로 향하고 있었다.

"어이, 리쿠도 빨리."

나를 돌아본 세이가 웃었다.

때 묻지 않은 소년 같은 미소를 이제는 더 이상 믿을 수가 없다.

나기가 나와—남자와 사귀고 있다는 것을 들킨다면, 그것은 나기의 연예인 생명과 직결되는 대스캔들이다.

절대로, 들켜서는 안 된다.

"자아, 맨 처음은 배우인 무츠키 세이와 카즈이 리쿠라는 느낌으로 부탁드립니다."

러프한 복장으로 몸을 감싼 사진 촬영.

잡지의 취재는 지금까지 나기와 함께 하거나 혼자 한 것뿐이었다.

세이와 나, 두 사람의 취재는 처음이었다.

그런 일을 당하고, 협박이라고 생각해도 될 만한 말을 들은 뒤에 세이와 자연스러운 표정으로, 라는 말을 들어도 솔직히 자신 없다.

"이번 드라마는 동성과 사랑에 빠져 버린다는 이야기입니다만, 혹시 그런 경험 있으신지 궁금하네요."

"!"

"아하하하, 그건 사랑받았던 경험도 괜찮나요? 아니면 내가 좋아해 버렸던 이야기?"

숨 쉬는 것조차 잊어버린 나와 대조적으로 세이는 몸을 흔들며 웃고 있었다.

"어느 쪽이든 상관없어요."

기자도 웃고 있었다.

부드러운 분위기의 취재 현장에서, 나만 혼자 주먹 쥔 손바닥에 땀을 흘리고 있었다.

"감사하게도 남성 팬 분들도 계십니다만, 스스로 남자가 좋아져 버렸던 일도…… 아, 없다고는 말 못하려나."

세이의 목소리 톤이 내려갔다.

"저기, 리쿠."

세이에게 어깨를 쿡 찔려 나는 얼굴을 들었다.

지금 내가 어떤 표정을 하고 있는지 모르겠다.

카메라를 의식하지 않으면 안 되는데.

"리쿠도 있지? 같은 소속사의 카미시로 나기―"

"윽, 세이!"

저지하려고 한 목소리가 떨리고, 갈라졌다.

"즉, 남자가 남자에게 반한다는, 그거."

내 얼굴을 들여다본 세이가 입꼬리를 크게 말아 올리며 웃었다.

"아아, 말하자면 남자에게 반해 버린다는 그거네요. 존경이랄까, 동경의 존재라고 할까."

인터뷰어의 말에 나는 등줄기의 땀이 식어가는 것을 느꼈다.

"아, 네, 그렇죠……. 저는 카미시로 나기 씨를 동경해서 이 일을 시작했으니까."

평정을 가장하고 대답했지만 입술이 굳어서 웃을 수가 없었다.

세이는 턱을 받치고 내 얼굴을 바라보고 있었다.

꿰뚫어보는 것 같은 눈빛으로.

"자신의 뒤를 쫓는 후배라면, 귀여울 수밖에 없겠죠."

세이가 큰 목소리를 내자, 나는 입을 다물게 되었다.

"저희 소속사에도 아직 학생인 모델이라든가 있는데, 역시 귀엽더라구요—"

"무츠키 씨는 다정한 선배일 것 같은데요?"

동의를 구하는 듯한 기자의 목소리에 나는 애매하게 고개를 끄덕였다.

"그죠오? 저, 귀여운 애 좋아하니까. ……그치? 리쿠."

"카즈이 씨는 무츠키 씨가 귀여운 아이를 좋아한다는 정보, 쥐고 계신가요?"

"엑? 아뇨…… 어?"

곤혹스러워하며 세이의 얼굴을 언뜻 보자, 세이는 미소 지은 채 내 어깨를 휘익 끌어당겼다.

"내가 리쿠를 좋아한다는 거죠."

"!"

반사적으로 세이를 밀쳐버리려 했지만,

—주저했다.

"카미시로 나기와의 관계, 퍼뜨려도 좋아?"

세이의 목소리가 귀 안에서 메아리쳤다.

"아하하, 과연. 자아, 이런 느낌으로 이번에는 의상 촬영 부탁드립니다!"

스태프는 세이가 나에게 까불거리는 것쯤 언제나의 일로 생각하고 웃어넘기고 있었다.

취재를 온 기자들도 서비스라고 생각하고 있는 것 같았다.

세이가 이런 이미지인 것도, 드라마가 그런 장르인 것도 지금은 오히려 다행이라는 생각이 들 정도다.

*　　　*　　　*

드라마의 메인인 교실 세트에서 촬영이 실시되었다.

"무츠키 씨, 조금만 더 눈빛 강렬하게 부탁합니다아."

스튜디오에 울려 퍼지는 셔터음.

나는 한동안 세이를 올려다보다가 책상 위로 시선을 떨어뜨렸다.

"리쿠."

세이가 내 앞자리 의자를 끌어와 앉았다.

"뽀뽀해 볼래?"

한껏 낮춘 목소리는 카메라맨에게까지는 들리지 않을지도 모른다.

"아, 하지만, 그런 사진을 카미시로 나기에게 보이면 곤란하려나?"

"…별로, 그렇진 않아."

드라마 중에 키스신이 있으니까 그런 사진이 잡지에 실리는 정도로 신경이 쓰이지는 않는다.

하지만 키스 같은 거 하고 싶지 않다.

나기니까 하고 싶은 것뿐이다.

나기와 하는 것이 아니라면, 하고 싶지 않다.

—그래, 나기는 독일에 도착할 즈음일지도 모른다.

나는 스튜디오의 시계를 올려다보았다.

또 다시, 불시의 일격.

"!"

셔터음이 연속으로 울려 퍼졌다.

역시 스태프 앞에서는 어제처럼 억지로 혀를 집어넣거나 하지는 않았다.

입술 표면을 맞추는 것뿐인 키스.

"해버렸다—☆"

세이가 익살맞게 말하며 나에게서 떨어지자, 그것을 마지막으로 취재는 종료되었다.

그리고 취재가 끝난 뒤 바로 촬영이 시작되어서 휴대폰을 볼 수가 없었다.

　　　　*　　　　*　　　　*

　계속 내가 등장하는 신이어서 오후 아홉 시가 넘어서야 겨우 혼자서 있을 수 있게 됐다.

　세이를 피해 대기실에 뛰어들어 서둘러 휴대폰을 꺼내 열자, 나기에게서 문자가 와 있었다.

　『방금 프랑크푸르트에 도착했어. 피곤하다.』

　첨부된 사진에는 한낮의 독일 거리가 찍혀 있었다.

　『내일부터 또 다시 촬영. 리쿠도 힘내.』

　……겨우 그것뿐.
　"……인정머리 없기는."
　나는 나기가 보낸 문자를 바라보며 투덜거렸다.
　겨우 서로 마음이 맞았다… 고 할까, 뭐랄까. 아무튼, 나는 나기의 애인…… 이 된 거니까 좀 더, 뭔가…….
　다정한 문자를 받고 싶은데.
　나는 문자의 답장 화면을 열었다.

　『수고했어. 나는 지금 막 촬영 끝났어. 비행기에서 좀 잤어?』

　문자, 송신.
　휴대폰을 던져 놓고 돌아갈 준비를 하고 있자, 바로 답장
이 도착했다.

『완전 쿰. 리쿠는 촬영에 지장 없었어?』

　"우─ 응……."
　나는 휴대폰을 쥔 채 어깨를 늘어뜨렸다.
　뭔가, 기획사에서 처음 만났을 때 나기의 무뚝뚝한 얼굴이
머릿속을 스쳤다.
　좋아한다고 말하고, 내게 키스해 준 지난밤의 나기는 혹시
내 망상이었던 건 아닐까?
　……따위 생각마저 해버렸다.

『덕분에 색기 넘치는 샷이 잡혔다고 카메라 크루들이 절
찬. 』

　나는 문자를 보내고 홋 코웃음을 쳤다.
　실제로 포스터 촬영에서는 잡지 카메라맨에게 절찬받기도
했고.

애절하고 색기 있는 표정이다, 라나 뭐라나.

뭐, 나는 나기 생각을 하며 찍혔던 거지만.

답장은 또 재빨리 돌아왔다.

『헤에. 사랑에라도 빠진 건가?』

"윽!"

남 일이냐!

진짜 나기란 인간은 심술 사납다.

……열 받아.

『사실은. 기획사에는 비밀로 해줘.

나기는 요새 어때? 좋아하는 사람 없어?』

문자 발신.

나는 휴대폰을 양손에 쥔 채 나기의 답장을 기다렸다.

'좋아하는 사람? ―너야' 라든가, 나기한테서 전화가 걸려 오는 건 아닐까 라든가…… 기대했는데.

오 분을 기다려도, 십 분을 기다려도 답장은 없었다.

……얼레?

나는 묵묵부답인 휴대폰의 전파 상태를 확인하고, 새로운 문자가 온 건 없나 살펴보고, 데이터 송수신 확인까지 했다.

피곤해서 잠들어 버렸나.

……아니면, 화났나?

내가 바보 같은 소리를 해서, 질려 버린 걸까?

농담이야, 하고 문자하는 것도…… 어쩐지 무섭고.

심장이 두근두근하기 시작했다. 죄책감과 설레임이 함께 휘몰아치는 요상한 감정은 처음 느꼈다.

지잉―

"!"

문자 착신.

나는 당황해서 차가워진 손끝으로 문자함을 열었다.

『나도 좋아하는 사람 있어. 그 사람은 엄청 고집불통에, 영 내가 좋다고 말해주지를 않아.』

나는 긴장해서 말라 버린 목에 침을 삼키며,

『나기한테 좋다는 말을 안 하는 사람이라니.』

……라고 쓰다가, 지워 버렸다.

이러니까 내가 고집불통이라는 소리를 듣는 거다.

"……"

휴대폰을 양손에 들고, 생각에 잠겼다.

솔직하게, 솔직하게······ 솔직하게······.

『내가 좋아하는 사람은,』

긴장으로 숨이 막혔다.

『나기야.』

손바닥에 흥건한 땀으로 손이 미끄러지지 않도록 신중하게 문자 전송.
빨리 답장이 오게 해주세요.
"······헤헤."
무심결에 뺨에 긴장이 풀려 웃음이 흘러나왔다.
"헤— 에."
"!!"
등 뒤에서 들려오는 목소리에 얼굴을 들자, 눈앞의 거울로 내 등 뒤에 선 세이의 얼굴이 비춰지고 있었다.
휘익 뒤돌았다.
"러브러브네."
으으······.
"세이! 멋대로······."
"매니저 기다리고 있잖아? 거기서 만났어."

세이는 생글거리며 말하고는 대기실 문 저쪽을 가리켰다.

나는 휴대폰을 쥔 채, 가방을 잡고 대기실을 나가려 했다.

그것을, 세이가 손을 붙잡아 막았다.

"!"

나는 불안에 떨었다. 내 팔목을 붙들고 있는 손엔 우악스런 힘이 실려 있었다.

"도망갈 것까진 없잖아."

당황해서 손을 뿌리치려 했다.

하지만, 그럴수록 세이의 손가락이 내 손목을 꽉 틀어쥘 뿐이었다.

"내가 그렇게 무서워?"

아하하, 하고 소리 높여 웃는 세이의 얼굴이 가까이 다가왔다.

"매니저한테 리쿠는 내가 데려다 주겠다고 말했어."

내 앞을 막아선 세이의 그림자가 눈앞을 어둑하게 만들었다.

"데려다 줄게. 그 정도는 괜찮잖아?"

나는 입을 다물고 얼굴을 돌려, 문까지의 거리를 눈으로 쟀다.

때가 되면 문손잡이에 뛰어들어 도망치자.

"—있지, 리쿠한테 애인이 있다면, 나는 좋아하는 것조차 허락받지 못하는 걸까."

"어······?"

무심결에 세이를 올려다보았다.

세이는 울어버릴 것 같은 얼굴을 하고 나를 내려다보고 있었다.

"리쿠를 카미시로 나기에게서 빼앗을 수 있을 거라고 생각하진 않지만, 하지만 사이좋게 지내는 것 정도도 안 돼?"

"어······ 그······."

깜짝 놀랐다.

세이가 설마 진심으로 나를 좋아한다니, 생각지도 못했다.

"어제 같은 짓만 하지 않으면, 친구로서는 세이가 좋······."

"어제 같은 짓이라니?"

내 말을 막은 세이의 얼굴이 바로 눈앞에 있었다.

"좋아하는 사람이 무방비하게 있으면 하고 싶어지잖아? 남잔데."

나는 세이의 손을 뿌리치고, 문으로 달려들려 했다.

그러나,

―벽으로 다시 끌려와, 거세게 밀쳐졌다.

"읏!"

"리쿠는 바보구나. 몇 번을 말해야 알겠어?"

벽에 밀쳐지고, 두 다리 사이로 무릎이 파고들었다.

이마를 바짝 붙이고 들여다보는 눈동자는,

―반짝반짝 빛나서, 무서울 정도로 수컷 같았다······.

"너무 말을 못 알아들으면 카미시로 나기와의 일, 퍼뜨려 버릴 거야, 하고 말하고 있는 거잖아."

턱을 붙잡혀서 고개를 들렸다.

나는 꾸욱 입술을 다물었다.

"그 카미시로 나기가 호모에, 동료 배우를 따먹어 버렸습니다, 같은 주간지 기사는 보고 싶지 않겠지?"

평소엔 소년 같았던 입술이 비틀린다.

"괜찮다니까, 내 걸 좀 빠는 것 정도는. 바람도 아니야."

세이의 손끝이 내 입술을 쓰다듬었다.

"무… 슨 말을……."

무릎이 후들거렸다.

무서워.

짐승이 이빨을 드러내고 있는 것보다 더욱.

"아하, 엄청 떠네. 리쿠, 귀엽잖아."

세이의 손가락이 입술을 가르고 들어왔다.

끈적하게 치열을 덧그린다.

"카미시로 나기의 건 입에 문 적 있었겠지? 내 것도 해. ……그러면 입 다물어 줄게."

귓가에 세이가 속삭였다.

제15화

보고 싶어

"입을 범해지는 거랑, 엉덩이에 당하는 것 중에, 어느 쪽이 더 좋아?"

이를 다물 수 없게 된 내 입술 안쪽을 손가락 끝으로 덧그리며 세이가 부드럽게 물었다.

무서워서 도망가고 싶은데, 다리가 움직이지 않았다.

육식동물 앞에 선 초식동물처럼, 다리에 힘이 빠져 버렸다.

벽에 등을 댄 내 귓가에 세이의 뜨겁고 습기 찬 숨결이 닿았다.

나는 뻣뻣한 움직임으로 목을 좌우로 저었다.

어느 쪽도 싫다.

그런 건 좋아하는 사람과 하는 일이다.

나기 이외의 사람과는 하고 싶지 않아.

"어라? 그럼, 내가 리쿠를 핥아줄까─? 리쿠는 어떤 목소리로 헐떡여? 엄청 귀여울 것 같아."

"시, 싫어엇!"

나는 혐오감이 치밀어 올라 얼굴을 숙였다.

입술을 손으로 뿌리치고 머리를 감싸 안고 웅크렸다.

"아, 그래. 그럼 카미시로 대스캔들 코스로 오케이? 기획사도 위험하겠네. 지금 촬영 중인 작품들도 전부 다른 배우로 대체될 거고, 배상금 정도의 소란으로 끝날 일이 아니라고 생각되는걸."

머리 위에서 내리꽂히는 세이의 냉정한 목소리.

겁먹은 얼굴을 쭈뼛쭈뼛 들려고 하자, 세이가 내 머리카락을 난폭하게 움켜쥐고 억지로 치켜들게 했다.

"아, 웃⋯⋯!"

자동적으로 얼굴을 찡그렸다.

"리쿠만 참으면 다 잘될 것을. 이 업계, 정조도 장사 도구의 하나라고. 아니면, 내가 그저 모델 출신이라 무시하고 있는 거야? 카미시로 나기 같은 간판 배우랑은 감사히 자는 주제에."

"아니⋯⋯!"

나기랑은 그런 게 아니야!

"카미시로 나기에게 엉덩이 벌려주고 월요일 아홉 시 드라마에 나온 주제에, 잘도 말하네."

나를 경멸하는 눈으로 내려다본 세이는 난폭하게 붙잡은 내 머리를 자신의 고간에 밀어붙였다.

"웃……!"

―발기해 있다.

머리를 양손으로 단단히 붙잡혀서 얼굴을 돌릴 수가 없다.

"손을 쓰지 말고 내 거기, 꺼내봐."

숨 쉬기가 힘들어 입을 벌리자, 열기를 띤 세이의 부풀어 오른 그곳이 밀어붙여졌다.

"에이, 그러면 내 팬티가 리쿠의 침으로 젖어버리겠지? 지퍼 내려."

세이가 천천히 허리를 흔들어, 내 입으로 자극을 얻으려는 듯 움직였다.

"우…… 웃, 응, 후엣, 웃, 으읏."

눈물이 번졌다.

전력을 다해 팔을 밀어붙여 세이를 뿌리치려 했지만 세이의 힘에 당할 수가 없었다.

세이의 추잡한 성욕이 억지로 내 입안으로 들어왔다.

내가 싫어하면 싫어할수록, 옷 속에 기립해 있는 그것이 부풀어 오르는 것 같았다.

무서워.

나는 있는 힘껏 눈을 감고,

차라리,

세이를 나기라고 생각하기로 했다.

그렇게 하면, 세이가 말한 대로,

입으로…… 할 수 있다.

—그때,

가방 안의 휴대폰이 울렸다.

"!"

나기였다.

두근, 커다랗게 심장이 뛰었다고 생각하자, 다음 순간 나는 세이를 밀쳐내고 있었다. 좀 전에는 나오지 않던 무서운 힘이었다.

균형을 잃은 세이가 물러섰다.

"얌전히 말 들어!"

으르렁거리듯 세이가 고함쳤다.

나는 바닥을 기다시피 가방까지 다가가, 휴대폰을 꺼냈다.

나기로부터의 전화.

통화 버튼을 누르려는 손을 붙잡혔다.

"읏!"

"눈앞에 있는 내 말을 들으면 되는 거라고."

격앙된 세이의 얼굴이 다가왔다.

무섭다.

하지만.

"—싫어."

나는 배에 힘을 주어 분명하게 대답했다.

"친구로서 세이는 좋아해. 하지만 나는 세이와는 그런 짓은 할 수 없어."

나기니까, 할 수 있었다.

나기는 나를 협박하거나 하는 그런 짓 같은 건 흉내도 내지 않았다.

"……읏! 까불지 마! 네 의견 따위 물은 게 아니야! 닥치고 내 말대로—"

세이가 팔을 치켜들었다.

맞는다!

그렇게 생각한 순간, 대기실 문이 열렸다.

"어라—? 아직 남아 있었어?"

얼굴을 들이민 것은, 메이크업 담당이었다.

"……어떻게 된 거야?"

심상치 않은 분위기의 우리들에게 눈을 깜빡이며 그녀가 목소리를 낮췄다.

"아, 벌써 소등이에요? 죄송합니다, 대본 맞춰보다 보니 흥분해 버려서."

에헤헤, 하고 머리를 긁는 세이의 음성은 언제나와 같았다.

나는 바닥에 떨어진 휴대전화를 주워 올렸다.

착신은 벌써 끊겨 있었다.

"그래그래, 수고했어. 리쿠 군, 매니저가 기다리고 있었어."

메이크업 담당이 주차장 쪽을 가리켰다. 나는 가방을 끌어당기며 일어서서,

"감사합니다!"

대기실을 뛰쳐나갔다.

설마, 세이에게 덮쳐질 뻔했다—라는 것 따위, 매니저에게도 말할 수 없다.

나기와의 관계로 협박 당하고 있는 거니까, 더욱더.

나는 매니저의 차 안에서도 계속 긴장한 채여서, 집에 도착한 순간 그제야 덜덜 떨기 시작했다.

일이 이렇게 돼 버려서, 내일부터 어떤 얼굴을 하고 세이를 만나면 좋을지 모르겠다.

세이가 무서웠다.

그렇게 태도가 싹 바뀌어서 고함을 지르고… 생각한 것만으로도 몸이 움츠러들었다.

그때, 전화가 울렸다.

"!"

그러고 보면 방금 전화를 못 받은 채, 다시 전화를 걸지도

않고 있었다.

나는 통화 버튼을 눌러 매달리듯 휴대폰을 귀에 댔다.

"여보세요, 나기?"

『아아, 드디어 받았네.』

귀에, 나기의 듣기 좋은 저음이 흘러 들어왔다.

잔뜩 굳어 있던 심장이 녹아내린다.

『바로 연락을 안 해서, 리쿠가 삐쳤나 생각했었어.』

"─설마."

촉촉이 눈물샘이 풀어지기 시작했다.

『리쿠? 무슨 일 있었어?』

"뭐가?"

나는 울고 있는 걸 나기에게 들키지 않도록, 당황했지만 밝은 목소리를 냈다.

『뭐가, 라니. 울고 있잖아. 숨기는 거 참 못하는 녀석이네……. 외로웠어?』

나기가 성대한 한숨 뒤에 다정한 목소리로 물어와서, 갑자기 두 눈으로부터 대량의 눈물이 흘러내려 멈추지 않게 되어 버렸다.

호흡도 제대로 할 수 없었다.

나기가 보고 싶어.

떨어지게 된 건 바로 오늘 아침일 뿐인데.

"미… 미안, 나기. 나……."

흐느낌만이 흘러나와, 말이 이어지지 않았다.

『괜찮아, 진정하고 말해봐.』

나기에게 쓰다듬어지는 기분이 되어, 마음이 부드럽게 풀어져 갔다.

떨어져 있어도, 목소리를 듣는 것만으로도 마음은 함께 있다는 걸 느낄 수 있었다.

나기가 좋다.

가슴이 꽉 차올랐다.

"나기, 사실은 오늘, 나…… 세이한테."

『무슨 일 당했어?』

갑자기 나기의 목소리가 험악해져서, 나는 놀라 눈을 크게 떴다.

무의식중에 눈물도 멈춰 버렸다.

"아아, 그…… 당할 뻔, 하게, 됐었지만, 안 당했어. 괜찮아."

전화 저편에서 나기가 초조하게 혀를 차는 소리가 들렸다.

『그러니까, 무츠키 세이랑 공동출연 따위 관두게 하라고 말했었던 거야. 매니저는 같이 안 있었어?』

"잠깐 차 가지러 간 사이에…… 아니, 나기, 세이에 대해서 뭔가 알고 있는 거야?"

그러고 보면, 이전에 나기는 내가 주연하는 드라마 내용과 같이 연기하는 사람을 듣고 제정신이 아니었다고 말했었다.

"세이, 혹시 전례가 있는 거야? ……웃, 설마 나기도 덮쳐진 적 있었다든가!"

『바보냐, 너.』

나기의 어처구니없다는 목소리에, 나는 얌전히 입을 다물었다.

『뒷소문 정도이긴 하지만, 무츠키 세이가 데뷔할 즈음에 사귀고 있다는 남자가 있어서…….』

나기의 이야기는 이랬다.

이 년 전, 세이는 한 남성과 사귀고 있었다.

상대는 떠오르는 신인 영화감독.

당시 단지 잡지모델이었던 세이는 애인의 작품에 배우로서 데뷔하게 됐다.

하지만 주위에서는 '남자인 주제에 몸을 팔아 역을 얻었다'고, 세이를 배우라고도 생각하지 않는 태도로 대했다.

그래도 세이는 너무나도 좋아하는 그의 작품에 출연할 수 있는 것을 기뻐했다.

사람들에게 무슨 소문이 나더라도.

하지만 영화가 크랭크업하자 감독은 세이를 버렸다.

그리고 세이는 떠돌아다니는 소문으로, 그가 새로운 배우와 교제를 시작했다는 것을 알게 됐다.

그 배우는 그의 다음 작품 주연을 맡게 된 여배우였다.

『—상대 남자를 본다면, 그거야말로 베갯머리 영업을 시킨

거였겠지. 하지만 무츠키 세이 쪽은 진지했던 모양이야. 그때부터 무츠키 세이는 같이 작품을 하는 상대에게 손을 대고 돌아다녔다는 것 같아. 일종의 자포자기였겠지.』

나는 말을 잃었다.

진심으로 사랑한 사람에게 버림을 받는다면.

—상대가 진심으로 자신을 사랑하지 않았다고 깨달아 버린다면.

나기가 나를 단지 일회용으로 생각한다든지 한다면.

나도 역시 죽고 싶을 만큼 괴로울 것이다.

『—리쿠?』

"앗, 아…… 미안."

정신이 들자, 한 번 멈췄었던 눈물이 다시 흘러넘치고 있었다.

무서워서도,

외로워서도 아니다.

슬퍼서.

『이상한 동정은 하지 마. 무츠키 세이가 같이 출연하는 배우에게 불성실하게 손을 뻗어온 건 사실이야. 리쿠는 이제부터 드라마 촬영이 끝날 때까지 최선을 다해 혼자 있지 않도록 할 것. 매니저와도 늘 행동을 같이 할 것. 알겠어?』

나는 코를 훌쩍이면서도, 뭔가 이상한 기분이 들어 웃고 말았다.

『울다가 웃다가, 바쁘네.』

"아하하, 미안. 그치만."

뭔가 나기가 과보호 같아서. 간지러운 느낌이 났다.

"아—, 빨리 나기랑 만나고 싶다."

나는 침대를 구르며 솔직한 기분을 말로 했다.

나기가 전화 저편에서 웃고 있는 듯한 기척이 났다.

나에게만 보여주는, 부드러운 웃는 얼굴로.

『아직 하룻밤밖에 안 지났다구.』

"그렇지이— 내일부터 촬영?"

머리맡의 시계를 올려다보았다.

여덟 시간 시차가 있으니까…….

『리쿠도겠지. 내가 돌아갈 때까지, 힘내.』

전화를 통해 전달되는, 나기의 키스.

나는 얼굴 반쪽을 베개에 묻고 행복한 기분을 되씹으며 전화를 끊었다.

—세이의 협박도, 잊어버리고.

*　　　*　　　*

다음 날.

알람보다 빨리, 기획사 사무실에서의 전화에 잠이 깼다.

『리쿠? 아침 일찍 미안한데, 지금 당장 빨리 사무실로 올 수 있겠어?』

긴장한 매니저의 목소리.

"흐에? 뭐에요? 오늘 스튜디오 여덟 시부터라고—"

『됐으니까, 지금 당장 와!』

갑자기 귀청을 찢는 사장의 목소리에 나는 침대에서 벌떡 일어났다.

"오 분 안으로 준비하고 가겠습니다!"

이른 아침의 사무실에는 매니저와 사장, 그리고 나, 세 사람밖에 없었다.

"……."

사장은 험한 표정으로 침묵했고, 매니저는 복잡한 표정을 숨기려는 듯 고개를 숙이고 있었다.

"—어젯밤, 메일이 왔어."

드디어 사장이 무거운 입을 여나 싶더니 메일 내용을 출력한 종이를 나에게 던졌다.

"윽!"

거기에는, 단 한 문장이 쓰여 있었다.

리베 에이전시 소속의 카미시로 나기와 카즈이 리쿠는 남자끼리 교제하고 있다.

발신인의 이름은 없었지만, 알 수 있었다.

─세이다.

나는 종이를 움켜쥔 채 숨 쉬는 것도 잊고 서 있었다.

마치 시간이 정지한 것 같았다.

무슨 말을 해야 할지조차 머릿속에 떠오르지 않았다.

무겁게 내려앉은 침묵을 깬 것은 날카로운 표정의 사장이었다.

"거기 쓰여진 거, 사실이야?"

차가운 사장의 목소리.

어쩌지.

내 탓에 나기가…….

"대답해, 리쿠 군."

눈앞이 새카매져서 목이 바짝바짝 말랐다.

창백하게 질려서 아무 말도 하지 않는 내게 사장이 크게 한숨을 내쉬었다.

"나기도 독일에서 돌아오도록 불렀어."

"웃……!"

세이의 협박이 뇌리를 스쳤다.

지금 촬영 중인 작품들도─

배상금 정도의 소란으로 끝날 일이 아니어서 기획사도 위험해질…….

전부,
나 때문에……!

제16화

정말 좋아해!

"리쿠, 나기랑 사귀고 있다는 거, 정말이야?"

사장은 험악한 표정으로, 밀고 메일을 출력한 종이를 가리켰다.

"……뭐어, 됐어. 나기도 곧 귀국할 테니까 그때 같이 물어보겠어."

"읏!"

말을 잃은 내 등줄기에, 식은땀이 흘렀다.

나기에게도,

나기가 나오는 영화의 스태프에게도,

모두에게도 폐를 끼쳐 버렸다.

내 탓이다.

나 때문이다.

"……으, 죄송합니다! 저… 그……!"

어쩌면 좋을지 모르겠다.

무릎이 떨려와 서 있는 것조차 힘이 들었다.

"사과한다…… 는 건, 사실이란 거네?"

사장이 목소리를 낮췄다.

나는 작게 고개를 끄덕였다.

"그래……. 그 나기가 말이지."

한숨을 내쉰 사장은, 의자에 앉더니 메일의 문장을 보며 눈을 가늘게 떴다.

"문제는 이걸 누가 보냈냐 하는 거야. 이상하게도 아직 이 정보는 언론에는 흘러 들어가지 않았어. 일부러 우리들한테만 보내온 거라면, 뭔가 목적이 있다는 이야긴데……."

협박이다.

세이가 자신은 진심이라는 것을 전하기 위해서 보내온 거다.

이 말을 해야 할까 잠깐 망설였지만, 어차피 사장에게 알려진 이상 나에게 남은 방도가 얼마 없다는 것은 금방 알 수 있었다.

"저, 짚이는 사람이 있습니다."

주먹을 꾹 쥐며 말하자, 사장이 나를 바라보았다.

"그 사람과 이야기하고 오겠습니다."

—이런 일, 멈추게 해야 돼.

＊　　　＊　　　＊

오전 여덟 시.

평소 출근하던 시간대로 스튜디오에 들어간 나는 매니저와 떨어져 세이의 모습을 찾았다.

나기한테서는 '절대로 혼자서 있지 마. 무츠키 세이와 단둘이서 있지 마'라는 말을 들었지만, 단둘이 아니고서는 말할 수 없다.

"좋은 아침, 리쿠."

세트 안이나 대기실, 이런저런 곳을 찾아다니고 있자, 갑자기 등 뒤에서 세이가 나타났다.

언제나와 다를 것 없는 모습으로.

"설마 날 찾고 있었어?"

세이는 두 눈을 가늘게 뜨고, 나를 내려다보며 웃고 있었다.

나는 세이를 만나면 두들겨 패버릴지도 모른다고 불안해하고 있었지만, 그런 일은 없었다.

어째서 지금까지 눈치채지 못했던 걸까.

—세이는 굉장히 쓸쓸한 듯 웃고 있었다.

"세이, 있잖아."

"쌓인 얘기는 이따가. 일단은 일부터 합시다—"

즐거운 듯 말하지만,

"……이 드라마까지 망쳐 버리면 내가 언론에는 입 다문 의미가 없어져 버리잖아?"

목소리를 낮춘 세이는, 마지막으로 생긋 웃으며 세트장으로 향했다.

*　　　　*　　　　*

"신 25, 오케이입니다!"

오늘 촬영에서는, 클래스메이트 역할의 엑스트라가 잔뜩 있었다.

촬영 중에도 휴식 중에도 세이는 많은 팬에게 둘러싸여 있었다.

세이는 엑스트라에게도 스태프에게도, 남녀 가리지 않고 말을 걸어오는 사람에게는 상냥하게 웃었다.

처음 만났을 때부터 세이는 친근한 태도였기 때문에 눈치채지 못했다.

나는 언제나 세이를 커다란 개 같다고 생각하고 있었지만, 아니, 세이는 오히려 들개였다.

너무나 좋아하는 주인에게 버림받은, 들개.

─지금도 주인을 찾아 헤매고 있는.

촬영이 끝난 뒤, 세이는 인적이 없어진 스튜디오에서 팬에게 부탁받은 사인을 하고 있었다.

"세이."

내가 다가가자 삐죽한 표정으로 얼굴을 들고는,

─미소 지었다.

"지금, 괜찮아?"

"뭔데─? 이제야 내 집에 놀러 와줄 생각이 들었어? …… 일박으로."

매니저에게는 먼저 돌아가 있으라고 부탁했다.

매니저도 세이의 소문을 알고 있어서 낌새는 알아차리고 있었겠지.

어쨌든 지금부터는 우리 둘만이라는 이야기였다.

"아니, 여기서 얘기하자."

나는 파이프 의자를 손으로 끌어와 세이의 앞쪽에 비스듬히 앉았다.

"또 누가 방해할 수도 있잖아."

세이는 자신의 사진집에 사인을 하는 손을 멈추지 않았다.

매직이 스치는 소리가 울린다.

"나는 세이의 집에는 가지 않아."

"카미시로 나기의 집에는 가는데도?"

나는 온몸이 떨릴 만큼 강하게 뛰고 있는 심장 소리를 삼켜 버리려고, 목을 위아래로 움직였다.

"—나기는 내 애인이니까, 자러 갈 수 있어. 나기와는 달라."

세이가 사인을 하던 손을 멈췄다.

"……아, 그래? 그거, 기자회견에서도 말하지 그래? 리쿠의 가족도 나기의 가족도, 엄청난 소란이 되겠지. 아들은 게이지, 기획사에 위약금은 청구되지, 지옥이네."

세이가 웃었다. 그 웃음도, 그 목소리도, 제정신이 아닌 사람의 것 같았다.

"—세이는 그런 일을 당해봤어?"

그 웃음소리를 찢어발기듯 낮은 목소리로 묻자, 세이가 나를 보았다.

어슴푸레한 어둠 속에서 희번득 빛나는 눈으로.

"영화감독의 애인이라는 사실, 가족에게 들켰다든가 했어?"

까앙, 높은 소리가 울렸다.

세이가 손에 들고 있던 매직을 책상에 던져 버린 소리였다.

"무슨! 소릴 하는 거야……!"

세이는 벌떡 일어서서 나를 노려보고 있었다.

세이의 가느다란 몸이 떨리고 있었다.

난 침착하게 말했다.

"나는 나기가 너무너무 좋아. 세이도, 알잖아? ─사람을 좋아하는 그 기분."

눈을 크게 뜬 세이는, 와들와들 입술을 떨었다.

나를 매도하고 싶지만, 말이 나오지 않는 모양이다.

"나는 나기를 지키고 싶어."

나는 만약에 대비해 손에 잡고 있던 휴대폰을 꾹 쥐었다.

"─만약, 나기가 나를 가지고 놀고 있는 것뿐이라고 해도."

머리 위의 세이를 올려다보며 분명히 말을 뱉었다.

내 쪽이 울 것 같다.

"세이는 내 기분 알잖아? 나도 세이의 기분 알 수 있어. 심한 일을 당했는데 상대를 원망하는 것조차 할 수 없어서, 단지 너무나 엄청나게 슬플 거라고─"

"……알 리가 없잖아."

세이가 비통한 목소리를 토했다.

고개를 숙인 세이의 얼굴에서 엄청난 양의 물방울이 떨어져 내렸다.

"……응, 알 리가 없으려나. 나는 누군가를 이제 막 좋아하게 된 참이고, 아직 잃어버리지는 않았으니까. 단지 상상에 불과할지도 모르지만."

나는 의자에서 일어나, 흐느껴 우는 세이의 머리에 두 팔을 뻗었다.

세이보다 키가 작은 내가 세이의 머리를 가만히 끌어내리자 세이는 몸을 구부려 얌전히 내게 따라와 주었다.

"세이, 기억해? 힘들 땐 나에게 의지해, 라고 세이가 나한 테 엄청 말했었잖아? ……그때는 꼬옥 안아줄게, 하고."

세이의 머리를 끌어안은 팔에 힘을 주자, 세이가 내 가슴 에 달라붙어 어깨를 떨기 시작했다.

"외로우면, 그렇게 말하지 않으면 안 돼. 애인이 아닌 사람 과 키스해도, 마음은 채워지지 않잖아?"

내 가슴 안에서 세이가 희미하게 고개를 끄덕였다.

"리쿠, 미안. 나…… 리쿠의 소속사에—"

세이의 가늘디가는 목소리.

내가 응, 하고 응수해 주려는 그 순간.

"—리쿠에게서 떨어져!"

커다란 노성이 들리나 싶더니 검은 인영이 엄청난 속도로 달려들었다.

"—읏, 이 자식!"

그리고 나에게서 세이를 갈라놓으며, 팔을 치켜올린다.

"나기, 안 돼!"

"리쿠, ……비켜."

지금까지 한 번도 본 적 없는 분노의 표정을 떠올린 나기 는 처절할 정도로 날카롭고 무서웠다.

하지만 물러설 수 없다.

여기서는 더더욱.

"기다려, 말 좀 들어."

나기의 틀어쥔 주먹이 떨리고 있었다.

"너, 무츠키 세이를 감싸는 거냐!"

발성 좋은 목소리의 고함을 듣자 절로 움츠러들었다.

그러나 난 움직이지 않았다.

평소라면 할 수 없었을 행동인, 나기의 눈을 똑바로 쳐다보며 세이의 앞을 지키듯 버티고 섰다.

침묵.

독일에서 돌아온 여독조차 보이지 않는 화난 얼굴로, 나기가 나와 세이를 번갈아 노려본다.

그 시선을 피하지 않고 내가 서 있자,

"리쿠, 괜찮아."

등 뒤의 세이가 내 어깨에 손을 올렸다.

"리쿠한테 손대지 마."

"—때리고 싶은 만큼 때려도 돼."

나에게서 손을 뗀 세이는, 두 손을 내리고 눈을 감았다.

"지금 리쿠에게 듣고 처음으로 나는 이제 겨우 내가 무슨 짓을 한 건지 알았어. —그런 바보, 때리는 걸로는 속이 풀리지 않겠지만."

세이는 그렇게 말하며, 아직 눈물이 마르지 않은 뺨을 일그러뜨리며 웃었다.

지금까지 세이가 보여준 웃음 중에서 가장 솔직한 웃음이었다.

＊　　　＊　　　＊

스튜디오를 나가 택시로 기획사를 향하고 있는 도중.

나기는 침묵하고 있었다.

그 침묵은 무거웠다. 너무나도.

"……."

"……."

침조차 삼키지 못하고 나는 가만히 있었다.

나기는 세이를 때리지 않았다.

"배우의 얼굴을 때릴 순 없지."

—그렇게 말하며.

"나기, 저기……."

조심조심 꺼낸 목소리는 갈라져서 나기에게는 닿지 않았던 모양이다.

나기는 창밖을 바라보며 생각에 깊이 잠겨 있었다.

—우리들은 대체 어떻게 될까.

세이는 기획사 이외에는 말하지 않았다고 했지만, 사장의 그 상태대로라면 나와 나기는 아마 지금까지처럼은 지낼 수 없을 거다.

지금까지 나는 나기에 대한 기분 이외에는 아무것도 생각하지 않고 있었지만, 사실은 우리는 허락받을 수 없는 관계인 것이다.

그때,

무릎 위에 주먹 쥐어져 있던 내 손에 나기의 손이 겹쳐졌다.

"괜찮아, 걱정하지 마."

나기는 창밖을 내다보며 내 손을 꾹 하고 강하게 쥐었다.

나는 입을 다물고, 고개를 끄덕였다.

*   *   *

나와 나기가 소속된 기획사, 리베 에이전시.

날짜가 바뀌기 조금 전.

조용한 사장실에서 나기는 소파에 몸을 묻고 있었다.

내가 처음 이곳에서 나기와 만난 그때와 마찬가지로.

단지 그때와 한 가지 다른 점은, 나도 나기의 곁에 앉아 있다는 점이다.

"나기는 대학 진학을 계기로 우리 쪽으로 이적해 왔지만,

나와 나기의 인연은 나기가 단역 배우일 때부터였어."

사장은 시선을 바닥에 두고 이야기를 꺼냈다.

"나기는 보석처럼 타인을 끌어당겼고, 재능도 있었어. 하지만 그 탓인지 타인에게 무관심한 부분도 있었지."

옆의 나기는, 숨을 쉬는 건지 어쩐지도 모를 정도로 미동조차 하지 않았다.

"설마, 그 나기가……."

사장은 거기서 말을 끊고, 크게 한숨을 내쉬었다.

가슴이 졸아들었다.

사랑이라는 건—

누군가를 슬프게 하고 괴롭게 해서까지 우선되어야 하는 걸까.

"이런 날이 올 거라고는, 생각지도 못했어—"

나는 눈을 질끈 감았다.

"축하해, 나기!"

무슨 말을 들어도……

—어?

나기도 옆에서 눈을 휘둥그레 뜨고 사장을 바라보고 있었다.

"얘, 정말로 연애라는 게 뭔지도 모르고 한평생 끝나 버리는 건 아닌가 걱정했었어. 워낙 알고 지낸 시간이 길어지다 보니 부모 같은 마음이 돼버려서!"

아하하, 하고 사장이 목소리 높여 웃었다.

"어, 그럼, 나랑 리쿠는……."

굳은 표정으로 나기가 물어보자, 이번에는 사장이 눈을 깜빡거렸다.

"딱히 언론에 들키지만 않으면, 좋을 대로 해. 잘 어울리는데?"

나기를 독일에서부터 긴급 귀국 시키질 않나, 사장이나 매니저를 어마어마하게 걱정시켜, 기획사에도 민폐를 끼쳤지만,

―문책은 없음.

그뿐인가, 기획사 공인 커플이 되어버렸다.

이 허망한 마음을 뭐라고 표현해야 할지, 우린 집에 돌아갈 때까지 결국 이야기도 하지 않고 멍한 상태였다.

"아아, 지쳤다……."

나기는 맨션의 방에 돌아가자마자 그렇게 말하며 침대에 쓰러져 버렸다.

무리도 아니다. 돌연 귀국을 명령받아, 공항에서부터 직접 스튜디오까지 와서, 세이와 다툼까지.

그리고 긴장한 채로 이번에는 기획사.

결국 모두 원만히 해결됐으니까 잘됐지만―

"수고했어."

침대에 걸터앉아 나기의 얼굴을 들여다보자, 나기가 한쪽 눈을 가늘게 떴다.

"리쿠도."

나기가 침대에서 팔을 들어, 내 머리를 쓰다듬었다.

나기가 쓰다듬기 편하게 몸을 구부리자, 더욱 끌려 내려갔다.

"고민 많이 했지. ……미안하다."

낮고 부드러운, 나기의 목소리.

나는 나기의 입술에 끌려 들어가듯 키스하고 있었다.

내 머리를 끌어안은 나기의 팔에도 힘이 들어가, 나는 자연스럽게 나기의 위에 올라탄 것처럼 되어버렸다.

우린 정신없이 서로의 입술을 탐했다.

"……읏, 하, 응…… 읏."

나도 나기도 서로의 뺨에 두 손을 둘러 물기 어린 소리를 내며 혀를 얽었다.

나기는 긴 여행의 피로도 있을 텐데, 또 금방 독일로 돌아가지 않으면 안 되는데,

―멈출 수 없었다.

아마, 나기도 같을 것이다.

나기가 내 등을 끌어안고, 몸을 반전시켰다.

"―리쿠, 좋아한다."

타액의 실을 길게 늘어뜨리며 떨어진 입술에, 나기의 애절한 목소리.

나는 나기의 목에 팔을 감고, 꾸욱 매달렸다.

내 러브신의 공동 출연자는, 나기밖에 없어.

나기와 함께라면 어떤 일이 있어도 뛰어넘을 수 있다고, 믿을 수 있다.

"나도, 정말 좋아해!"

『흐트러진 러브신』완결

애절함과 자극이 있는 사랑의 여러 가지 형태.
국내 첫 전자책 관능로맨스 레이블

아인 Fin

매월 15일, 각종 전자책 사이트에서 발간!

형의 여자
금단의 사랑

왕 선생의 치료실
당신을 여자로 만들어 드립니다

꽃미남 구르메
두근두근 먹거리 기행

아가씨 메뉴얼
S계 집사의 아가씨 교육법

아인-핀 프리미엄 시리즈 엄선된 관능로맨스 작품이 매월 10일 단행본 발간!